日本新锐作家文库

才能
タラント
〈下〉

［日］角田光代 著
侯为 译

青岛出版集团 ｜ 青岛出版社

第六章　坎坷

二〇〇八年

美野里从面包车的左右窗和前窗紧紧凝视着这座城市的景象,无法挪开视线。道路两侧形似巨岩叠成的斜面,上面像粘贴般排列着建筑物。岩壁和建筑都是相近的浅驼色,混杂错落,仿佛一座巨大而致密的整体建筑。明明看到的是等身大的景观,却恍若行驶在制作精巧的透景画中,令人产生非现实感。以前,美野里去各处旅行时,会对未曾见过的景象惊讶不已,而这种景观更是初次目睹。她后悔没坐在窗边座位上。

去年秋季一起喝酒时,宫原玲曾说过要去约旦,并在去年年内已经启程。她在年初曾一度回国,但没有跟美野里她们相聚,就立即离开了日本。在那个秋夜,三人曾说过要一起去约旦,在安曼集合。宫原玲和睦美可能很快就忘掉了,但美野里是真心想去。她紧接着就开始查询访问难民营的研学旅行团队,在今年年初确定日程，并报名参加了三月的旅行团。

这是由援助难民的市民团体与旅游公司合作组团后推出的套餐活动，安排在安曼住宿，会访问两座难民营，外加观光游览。在出发前，美野里曾告知宫原玲此行的日程和入住的酒店等信息。宫原玲虽在约旦进行采访，但也会去叙利亚和土耳其的难民营。她发邮件说，如果双方在安曼逗留的时间重合，就去见个面。由于宫原玲可能不是通过手机，而是在网吧上网查看邮件，所以回复并不及时。看来在美野里逗留安曼的这一周，两人见不到面的可能性较大。

到达安曼的当天，旅行团的成员们在酒店自设的餐厅里用了晚餐。大家坐在长桌旁，用啤酒或软饮料干杯，并做自我介绍。包括美野里在内，共有八名成员，最年长的是一名六十五岁的女性，最年轻的是一名男大学生，都是个人参团。

饭菜端上桌后，大家开始用餐。对于所品尝的"胡姆斯①"和"法拉费②"，美野里说不清好吃与否。在大家用餐时，旅行团领队和援助团体的工作人员做了简单的致辞。

二〇〇三年，在伊拉克战争开始阶段，前往约旦和叙利亚避难的居民实际上并不是很多。但是，在二〇〇六年，教派对立导致治安恶化后，难民数量持续增加。目前，以联合国难民署为主，世界各国的援助团体积极协同，从事援助难民的活动。实际情况是，虽然有不少难民在营区里生活，但在城镇生活的也很多，实际状况尚未被充分掌握。

此次走访的第一座难民营的历史较为悠久，据说建成于一九六八年。

"如果想全面了解，会涉及极为复杂的背景。不过我想：大家用自己的眼睛去看，与生活在那里的人们接触，也会明白一些事情。因为白天太热，所以大家别

---

① 一种酱料。
② 中东特色小吃，又名中东蔬菜球、油炸鹰嘴豆饼。

忘了带上饮用水。"领队说到这里，结束了发言。

团队成员们谈论着不痛不痒的话题，继续用餐。因为没有人追加啤酒和红酒，美野里也就只喝一杯作罢。晚餐结束，大家确认过明早的集合时间后就解散了。

在双人间客房，美野里和一位三十多岁的女性同住。她刚才介绍说，自己是图书管理员，住在埼玉市。

"多田女士是第一次参加研学旅行吗？"那位姓友井的女士边铺床边问道。

"我从大学时代就开始参加这类活动，虽然不是第一次研学旅行，但参观难民营是第一次。"美野里答道。

"是吗？真好啊！我一直想参加这类活动，这回终于下定了决心。"

友井和美野里轮换使用浴室，然后坐在各自的床上断断续续地交谈着。友井一直对国际活动兴趣颇深，却因就业、结婚、日常生活忙得无暇顾及。

"不过，我在去年年底离婚了。"友井在床上躺下，突然说道。美野里顿时心头一惊。

"时隔数年恢复单身，感觉非常空虚。如此说来，到那时为止，我都不明白国际援助活动是怎么回事儿，却又想做点儿什么。后来我想起这件事，觉得现在又没有丈夫，可以下定决心去旅行，就报名参团了。所以，我非常羡慕多田女士从大学时代就参加这种旅行团。"友井与其说是对着美野里告白，不如说是对着天花板告白。

"啊？可是，那个……"美野里心想：如果说"你能参加挺好的呀"，可能会被听成"你离了婚挺好的"的意思，犹豫片刻后还是把话吞了回去。

"哦，多田女士年轻，所以也许还那个……，可因为离婚这事儿完全是那个……，烦人！你听我老说那个、那个，可也还是那个呀！啊哈哈，我又说了。"友井哈哈大笑，笑了几声忽然安静下来。美野里朝那边瞅了一眼，只见友井已经睡着了。

真是什么样的人都有啊！美野里这样想着，关掉房间的灯，躺在床上。窗子拉上了窗帘，外边响起短促的汽车喇叭声，然后归于平静。美野里闭上眼睛，感到有种灰尘和香料混合般的气味，很不习惯。她切身地感到：啊！我来到了一个陌生的地方。

巴勒斯坦人的难民营简直就像一个巨大的城镇，与美野里此前心中那种帐篷密集的想象相差甚远。里面建有商店、市场、美容院和诊所，还有学校。许多建筑的墙上都有阿拉伯语涂鸦，有些地方还画着精致的彩色插图。

这里就是所谓中心地带，离开这里，可见混凝土材料和红砖建造的民居，也有不少装着空调室外机和卫星接收天线的人家。看样子人们并非住在难以抵御严寒和酷暑的破帐篷里，美野里长舒一口气。但是，她想起工作人员说过，在这里生长而只熟悉这里的年轻一代越来越多。他们这样建造房屋，让难民营发挥城镇般的功能，是因为除了这里无处可去。

离开主街道，来到排列着很多民居的狭窄街巷，只见路边散乱地扔着空塑料瓶等垃圾，行人也很稀少，有种荒废的感觉。美野里她们被告知在这里不要拍照。

美野里一行由当地协调员带领，参观了学校和保育园。在专为女性开办的职业训练所里，她们和在难民营里生活的妇女们一起聆听了制作香皂的讲演。那些妇女们都戴着"希贾布[①]"或"尼卡布[②]"。她们似乎在朝自己笑，但由于只能看到眼睛，所以无法确定。倒是也可以通过翻译向对方搭话或提问，但美野里还是犹豫未决。

离开职业训练所，她们又访问了一个家庭。

这是一座二层的混凝土建筑，据说有十四口人居住。在这座难民营建起之初，就从故乡逃来的六十多岁的夫妻是第一代难民。他们的儿女的年龄从三十多岁到四十多岁，儿女们的孩子的年龄则是从十岁到二十四岁，还有第四代的婴幼儿。

"就业受限。""无法满足难民们对工作的需求。""虽能得到教育援助，却并不完善。""医疗体制也不健全。"

[①] 遮住头部、耳朵和颈部的头巾。
[②] 蒙住脸，只露出眼睛的面纱。

第二代和第三代难民直发牢骚，当地协调员把他们的话译成英语，再由日籍领队译成日语。美野里听着他们的诉说，想起了和外公外婆他们同住的娘家，还有年纪尚幼的侄子。

据说晚餐就在这里吃，饭菜多得盖满了铺在地板上的布料。八名团员、日籍工作人员和当地协调员并排而坐。因为空间太小，这家的第一代夫妻和会说英语的二十多岁的孙子留下作陪，其他家人则去别的房间吃饭。在用餐过程中，年幼的孩子们几次跑过来搞恶作剧，在美野里她们周围跑来跑去，还受到了大人们的训斥。用餐结束后，现场变成了摄影大会。十岁和十二岁的女孩几次更换服装，来到相机镜头前做出各种造型。她们还说要一起拍照，美野里她们就成了香饽饽。

天色完全黑下来后，美野里她们和这家人告别，坐上面包车，在一路颠簸中回到酒店。望着车窗外几乎看不到灯光的夜幕，美野里开始思考所谓"日常"。

祖辈们对自己逃离的故乡会有记忆，但在难民营里生长的第二代以后的孩子们则无从了解，他们只知道这座营区和这片天空。本来回归祖辈们曾经生活过的土地的可能性就非常小，而生活在不能称作自己的土地的临时性营区，已成为他们的日常。可以说，那个角落就是在当地生长的孩子们的故乡吧。

看不到将来，无疑是焦虑不安的痛苦之事。不过，这个大家庭依然在其"日常"中嬉闹欢笑着度过每一天。他们没有回归之地，等于连国籍都没有，所以无法脱离这里。这种家庭的"日常"，美野里以前完全难以想象。但接触了这种"日常"后，她发现他们的家庭也和多田家同样拥有每一天的生活，也有好吃的东西，也有兄弟姐妹吵嘴打架，也有欢声笑语。美野里想起，自己曾希望摸索出一种方法，使与自己相隔遥远的别人的"日常"和自己的"日常"建立联系。虽然现在这种心愿依然存在，可具体做什么好却仍不明确。不过，像这样接触到原本完全陌生的人们的"日常"之后，她确信一定会有实现的方法，并产生了向前看的信心。

第二天的日程是访问伊拉克人的难民营，大家又坐上面包车出发。从安曼市中心行驶了二十分钟左右，大家被叫下车。这里排列着像是面包店和便利店的商铺，大家各自选购好午餐食品后，听领队进行关于前往难民营的说明。相当宽阔的面包店里，顾客拥挤不堪，其中有九成人都穿着印有"联合国儿童基金会"或"联合国难民署"字样的制服。他们的年龄、头发、眼睛各色各样，美野里难以判断他们是哪国人，心里暗暗惊讶：居然会有这么多工作人员，而且来自各国的顾客都蜂拥而至这家远离市中心的面包店。

"美味在全世界是共通的吗？"美野里终于买到了面包和饮用水，返回车里后向友井问道。

"啊？什么？"友井表情疑惑地反问道。

"那么多人都特意来到这家面包店，应该可以说明这里的面包很好吃吧。"美野里望着车窗外笼罩在清晨阳光中的面包店，说道。

"多田女士说的话挺有意思呢！"

美野里完全不清楚友井说的"挺有意思"是什么意思，而友井说完就笑了。

汽车行驶了一小时左右，周围已看不到建筑物。车窗外展现出遍布石块、颜色发白的大地。不久，竟看到了海市蜃楼般的景观——在空无一物的广阔地面上，那座难民营突然出现了。这里不同于昨天走访过的地方，在入口处还有安全检查站。这是一座用预制件构筑的组合板房，当地协调员下车与他们交涉之后，面包车驶入难民营。

昨天走访的与其说是难民营，不如说是城镇，而这里才和美野里想象中的难民营相近。经过检查站，近处就有一座预制件建造的巨大建筑。在它侧方的标识牌上，排列着各国国旗的图案和团体名称。那里可能是各国提供援助的集团的共用事务局，工作人员匆匆忙忙地进进出出。游客们得到提示，在建筑内部可以拍照，但禁止拍摄难民营的外观照片。走过建筑物，前方有一处像铁路道闸似的横杆，领队向走上前来的工作人员出示了像是通行证的物件，横杆随即抬起。

难民营的占地面积虽然非常广阔，但整体被规范地划分为一个个区域，帐篷和组合板房夹杂其中，既有无防护网的区域，也有用相当高的防护网围挡的区域。面包车卷起尘土，在营内行驶，然后在像是某区域停车场的位置停下。这里坐落着几栋比住宅更大的组合板房建筑。

团队成员下了车，虽然上午九点钟刚过，可强烈的阳光已开始灼烤皮肤。美野里回头望着几乎没有阴凉儿的宽广营区，只见在兼做分隔线的道路上，有人骑着自行车驶向前方，还有坐在板房下的狭窄阴影里的一家人。

"物资配给点和市场同在一处。"听了领队的说明，他们进入开着门的建筑。室内开着空调，相当凉快，在塞满行李的搁架前有一张柜台，身穿印有团体名称的制服的女子坐在内侧，正在记账。对面还有一张柜台，内侧的搁架上也塞满了纸箱，分别画着罐头、饮用水、柑橘和面包的图样，显得纷乱无序。在建筑内部，地板上铺着塑料膜，纸箱杂乱地摞在上面。美野里她们听了说明，各个家庭可以用配发的优惠券购买非配给食品和生活必需品。

据说营内共有八个区，美野里一行人首先去了其中的第六营区，对该区的学校和托儿所进行巡访。那里的教师九成是伊拉克人，多数在故乡时就曾从事过教师工作。孩子们从小学开始实行男女生分班，虽说如此，由于校舍有限，还是在各个房间内让男女生分开上课。

在参观过第六营区之后，团队成员被领到第三营区。第六营区没有防护网，但这里却设有防护网。

目前，在他们的祖国发生的教派对立中，仍有持极端思想的群体。美野里她们在面包车里听了相关说明，该区内都是曾与那种群体邻近的人们。所谓"邻近"，有的是字面上的意思，有的是亲属，有的曾经发生过某种关联。尽管有些人与极端思想群体没有直接关系，但或许存在被极端思想洗脑的可能性。所以，这里对他们制定了比其他营区更严格的外出限制。领队做了说明，如果在这种设有防护网的营区内居住一定时间，被确认为完全不持有极端思想后，就可以转到其他的开放营区。领队说这些话时有些含混不清，美野里就怀疑是否有什么隐情而不能详细说明。

"这里的人完全禁止走出防护网吗？"游客中有人问道。

"只要向事务局申请外出，得到许可后，就能照常出去。"领队答道。

团队成员们下车后，被领进第三营区入口处的组合板房，在这里听事务局工作人员用英语对该区进行说明。那个工作人员对极端思想群体的事只字不提，说在这里生活的难民是"根据各自的家庭条件和住房面积的情况而分到这个区"的，还说"当其他开放区里有空房时，只要提出要求，就能转到那边"。

看样子，事务局方面会有自己的主张和不想公开讲的情况，援助这座难民营的非政府组织也有可以说明和不可以说明的情况，也有无法在几分钟内对今天来访的日本人说清的情况，美野里做出这种判断。

这个第三营区由事务局工作人员陪同参观。与在第六营区时一样，依次参观托儿所、小学、初中及以上的学校。在托儿所的房间里，老师正在表演木偶剧；在小学低年级女生的房间里，孩子们正在演戏；在初中女生的房间里，大家正在唱歌；在高中男生的房间里，大家正在上数学课；在高中女生的房间里，几位女生用名叫"海娜"的植物制成的染料，在美野里她们的手背上画了传统彩绘。

在据说是会议室的房间里，几位居住于该营区的母亲聚集于此，向美野里她们讲述了来此之前的状况和营区里的生活。她们大都用黑色的"希贾布"或"尼卡布"遮住头脸。

她们由于家乡的房屋被炸毁而失去住所，就全家一起步行逃到了这里。

"我家的房子虽然还保持着原状，但因为每天都有轰炸，不能安心生活，所以就下决心离开了。"

"我在当地经营美容院，可什么都没带就来这边了。"

"因为最担忧孩子们的教育，所以这边建了学校后，真的宽心了许多。"

营区内的孩子们总体上都开朗健康，朝美野里她们笑着挥手。可这些母亲们却不知何故，全都情绪低落，或许是因为遮着面纱，看不见她们的表情。美野里感到虽然微乎其微，甚至可以忽略不计，但仍然存在着的小小的违和感——她们仿佛都在被迫讲述已经背好的台词。美野里想到，说不定每次参观团来时，都是同样的组合被叫到这里，讲述千篇一律的情况。不过，倒也不是因此而有什么不好的。

在第三营区，有一座巨大的运动场，预定下午在这里举行足球比赛。校舍庭院里有一座人工建造的喷泉，美野里她们就坐在旁边吃买来的面包。

"感觉好像比昨天情况复杂呀！"美野里边吃面包边向友井试探道。

"啊？哪些地方？"

美野里被友井这样问，一时语塞。

"教派对立什么的我搞不懂。"美野里敷衍道。

"对于没有信奉特定的宗教的我们来说，是啊，是搞不懂啊！"友井点了点头。

玲在哪里呢？美野里仰望着头顶展现的湛蓝天空想道。

美野里的手机在这里没有信号,又没时间去网吧,无法查看有没有宫原玲发来的邮件。因为此前已告知过她自己入住的酒店名,所以如果她目前在安曼的话,除了她来找自己,没有别的办法。玲在这里的话会怎样理解这些难民的境遇?她会怀着什么样的兴趣行动呢?美野里很想知道。

下午的足球比赛,已从旅行团成员中招募了参加者。小学男生、老师们及旅行团成员们聚集到运动场上,开始确定双方队员。美野里和几名成员坐在角落的遮阳棚下,望着孩子和大人混合组队,享受足球比赛。那些没参赛的孩子们,有的坐在美野里她们旁边,有的聚集在对侧遮阳棚下,他们热烈地加油助威,谈笑风生,不时地瞅瞅美野里她们。

"大家吃过饭了吗?"最年长的女游客一边做吃东西的动作,一边问坐在近处的孩子们,有几个孩子笑着模仿她的动作。

一个高个子男生和一个挂着丁字拐杖的男生走过

来，坐在美野里身边。美野里说了声"哈喽"，那两个男孩儿向美野里露出笑脸。拄拐杖的男生穿着长裤，但左边裤腿紧贴着地面，可以看出他的腿从膝关节下部截肢了。美野里记得刚才他是在小学生的班级里，但因为是坐在凳子上，就没发现他拄着拐杖。同他坐在一起的高个子男生探身朝美野里她们笑了笑，然后指着自己说"阿萨德"，又指着拄拐杖的男生说"拉西德"。这像是他俩的名字。

"我叫美野里。"美野里说道。

"礼子。"友井说道。

两个男生对视一下，刚发出日语的"美"的音，可能因为无法顺畅地说出口，哈哈大笑起来。日语的"礼子"的发音他们发得很顺溜。

拉西德连比带画地向美野里她们说着什么，美野里理解了他想说的。他说自己很喜欢足球，可腿是这个样子，无法参赛。

身边的阿萨德用不太连贯的英语单词说拉西德是因为以前的家遭到轰炸，从而失去了一条腿。用手指比画奔跑动作的拉西德可能是在说他以前足球踢得好吧。美野里勉强做出笑脸，点了点头。

"你俩是兄弟，还是朋友？"美野里问道。阿萨德翻译了美野里的话，两人对视着笑了起来。

"朋友。"阿萨德的笑容还留在脸上，他继续说道，"我的家人现在住在德国。拉西德的父母在他家房子被炸毁时去世了。虽然有个哥哥，但在逃难时走散了。是吧？"阿萨德用英语单词说完，最后瞅着拉西德的脸问道。拉西德似乎不明白阿萨德在说他什么，露出满面笑容，还竖起了拇指。美野里和友井都不知道该说什么，只好点了点头。

在烈日暴晒下泛着白光的运动场上，大人和孩子毫不厌倦地追着足球奔跑，阿萨德、拉西德和其他几个孩子也朝他们呐喊。美野里从他们身上抬起视线，仰望单调的广阔天空。

在其他营区生活的人们也不能自由地去城里吧。因为不可能从荒漠步行到城里，所以必须找到愿意搭载自己的车辆。再说，有没有防护网想必也大有不同。

如果自己在这种防护网的包围中生活……想到这里，美野里与其说会感到憋屈，不如说会感到恐惧。虽然这里面积宽阔，运动场和校舍都比刚才走访的第六营区的还要大，但周围的防护网对美野里来说，有种苦不堪言的压迫感，那无尽的天空也似乎和在第六营区所看到的不同。当然，对于不得不在这里生活的他们来说，必须适应那种压迫感，他们肯定都已完全习惯，美野里望着呐喊助威的孩子们想道。而且，她又想起了自己上高中时看到的故乡的那片天空，那片感觉像是把她封闭起来了的天空。

比赛结束，事务局工作人员让美野里她们帮忙搬出预先准备的果汁。结束比赛、浑身是汗的孩子们围拢到果汁旁，大人们也接过果汁罐一饮而尽。

"哎呀！我觉得我快要死啦！"刚才在运动场上奔跑的领队说道。

"输了球，真窝囊呀！还想赛一场。"

"不行，不行！真的会死掉。"像被暴雨浇透了一般的参赛成员们相互打趣地说笑着，伊拉克方面的孩子和老师与他们击掌并握手。看到他们在这么短时间内就相处得如此融洽,不擅长运动的美野里觉得要是自己也参加就好了。她忽然瞅瞅身旁,拉西德面无表情地凝视着击掌的人们,觉察到美野里的视线后慌忙露出了笑脸,像汗流浃背的人们那样仰面朝天,做了个喝果汁的动作。

"果汁,我去把你们的那份也拿来吧?"美野里比画着问道。

拉西德说了句什么,阿萨德做了翻译。

"明天还来吗?"

美野里回答说明天还来,拉西德听了阿萨德的翻译后,频频点头。

"我的……"美野里禁不住说出刚才犹豫该不该说的话,"我的外公也在战争中失去了一条腿,但戴上假肢后能行走。因为是老爷爷,所以恐怕不能踢足球了,但是他能行走!"美野里一口气说完,望着阿萨德。他边考虑边对拉西德说着什么,不知是否明白了美野里说的话,拉西德竖起拇指,咧嘴一笑。

第二天上午，团队参观了安曼市内的小学和初中。这里不只有约旦的孩子们，还有巴基斯坦、阿富汗、伊拉克和埃及等不同国籍的孩子们来上学，在同一座校园里分了男生楼和女生楼。美野里她们依次走进正在上课的教室，每次教师都会中断讲课，为美野里一行人进行介绍。在某间教室里，教师让几个孩子站起来，并问他们几岁时怎样来到安曼，将来想当什么，孩子们都做出了回答。

美野里在这里也产生了昨天有过的那种小小的违和感和不适感，并隐约意识到其原因是发现对方事先早有安排。就像这个旅行团队的日程是预先制定好的一样，应该也已事先通知过难民营和学校，让其知晓援助方面组织团队来参观的日期，而事务局、学校和相关设施也都为此做好了准备。

甚至连可以展示什么和不可以展示什么，让团队参观哪堂课，唱什么样的歌，由谁来讲述什么，对什么问题进行怎样的说明，等等，都是安排好的。这些全是理所应当的事情，因为这本来就是那种旅行团。不过，美野里终于意识到，她所看见的可能并不是他们的日常生活，她很难拂去这片疑云。极端地来看，也可以说今天一整天都是难民面向援助方的表演。也许事务局的责任人或教师曾向孩子们说明，这些设施都是由各国援建的，为避免这种援助中断，才要表演一天的一个场景。所以，当明天另一个援助团体来参观时，就有可能会展开给他们观看完全不同的一日游和场景。

这天下午，美野里在听到阿萨德和拉西德的请求时，没有当即拒绝。她之所以认真地考虑能不能做点儿什么，多少也是因为有上午体验到的这种违和感和不适感在起作用。不过，那时美野里尚未意识到这一点。

这一天，美野里她们去第三营区，向孩子们讲演折纸和写字，然后分成两三人一组，各自走访了该营区内的家庭。其后，有兴趣的人可以在运动场玩捉迷藏并附有慰劳饮料，接下来前往第六营区。

"有个请求。"当孩子们和大人们在一起玩捉迷藏的时候，阿萨德和拉西德来到美野里身旁，说出了这句话。最初，美野里也加入他们，跑来跑去，但渐渐地感到呼吸急促，而且发现阿萨德和拉西德孤单地坐在那里。于是，她离开捉迷藏的人群，走近他俩。两人依然坐着，举起一只手和走过来的美野里击掌，美野里坐在两人旁边，却找不到话题。

"今天也很热啊！一点儿云都没有。"她随意地说着日语，然后指了指天空。拉西德和阿萨德也跟着仰望天空，像在找什么似的目光游移。

"有个请求。"阿萨德用英语说道，美野里注视着两人，"请把拉西德带到城里去。"阿萨德直盯着美野里说道。

"城里，是安曼吗？"

"他来这里避难时和哥哥走散了，他哥就在安曼呢！以前不知道在哪里，但现在搞清楚了。不过，他哥不能来这里，会被强制关进难民营，要是那样就无法工作了。但是，拉西德想见他哥哥。"阿萨德快速地说出只言片语，眼睛一直没从美野里的脸上挪开。

"只要提出申请，就能进城吧？"美野里问道。

"申请大概不会很快批下来。我们还是孩子，拉西德比我年龄小，所以不会那么快得到批准。申请需要进行面谈，如果是大人，通过面谈，立即就能得到批准。如果父母在的话，一起去面谈也能得到批准。但只有孩子不行，也许到十五岁以前都得不到批准。我和拉西德的哥哥联系的方法很有限。我们都没有手机，书信往来也很困难。到十五岁还有四年，他也许再也见不到哥哥了。"

阿萨德表情认真，像叱责似的用英语快速说完，甚至使美野里感到畏惧。他说的那些只言片语也许自己都已准确理解，另外虽然对他所说的营区规定不太了解，但看样子他并不像是在撒谎。

"不过，即使那样我也无法带他走。要想出营区，只能通过事务局吧？还要检查呢，一路上。"美野里说道。

"如果不是事务局的人而是老师的话，因为和我们都是同乡，情况都很了解，所以也许会让我们出去。但是，我们没办法去城里，走路是不行的，而且找不到搭载我们的车。"

"可是，我坐的是旅游车，要想搭载你们，必须向领队和大家做出说明才行。"

"我上次说过我的家人在德国，对吧？我大概明年要去和我的家人相聚，到时候就剩拉西德一个人留在这里了。虽然还有老师和朋友，但没有像我这样亲密的人了，所以拉西德只好孤身一人留在这里，直到十五岁。"

美野里渐渐对他那滔滔不绝的英语单词产生了焦躁情绪。在此行当中，比起那几个母亲和学生们所讲的，他们说的话更加真实，他们是在真心恳求。美野里想到，如果把领队叫来听听阿萨德的讲述，说不定能让他搭乘旅游车。她从紧盯着自己的阿萨德身上挪开视线，寻找领队的身影。

"你别和我说，要和领队说说看。就是那个正在踢足球的稍稍年长的女子……"

"那个人和事务局是串通的，不行。"阿萨德打断美野里的话说道，"不是让拉西德坐你们的车，而是你一个人来接，行不行？"

"我没有驾照……"

"坐出租车。"

美野里看看阿萨德，又看看拉西德。拉西德也凝视着美野里。

"他去医院还可以安个假肢。"阿萨德说道。不知是翻译拉西德的话还是阿萨德自己的话，美野里不太清楚。

"可是，怎样才能从这里出去呢？"

孩子们玩捉迷藏的尖叫声和笑声传了过来，还有人用日语喊着："这边，这边。"美野里呆立沉思，在她的视野一角，出现了走过来的身影。美野里朝那边望去，只见一位罩着头巾，身穿多彩"阿巴亚①"的女教师朝这边走来。阿萨德和拉西德的表情立刻变得与刚才同美野里交谈时截然不同，像撒娇的孩子般和那位女教师交谈。女教师对美野里说了句什么，拉西德和阿萨德笑了。

---

① 在伊斯兰国家，妇女通常会穿的一种几乎覆盖全身的外衣。

"她问可不可以照张相？"阿萨德向美野里说道。美野里把手机相机调好，那位看上去年纪比自己还年轻的女教师站在中间，左右手搂着拉西德和阿萨德的肩膀。"茄——子"，在美野里轻触快门键的瞬间，拉西德做了个竖拇指的手势。美野里心想：他们简直就像姐弟仨。她连续为他们拍了好几张照片。

"回去后麻烦帮我们发来照片。"女教师说了句什么，阿萨德翻译道。

"明白，我会发的，说定啦！"

美野里伸出小指并握住女教师的手臂，把自己的小指勾在她的小指上，女教帅羞涩地笑了。

"拉钩，约定，谁撒谎，吞千针。"美野里用日语唱起拉钩歌，女教师勾着小指，笑得前仰后合。她可能就是阿萨德说的同乡人老师吧。她模仿美野里的动作，依次和阿萨德、拉西德勾住小指，同时随意地哼着什么歌。

看到他们的身影，美野里不知为何确信不会有什么大问题。拉西德和阿萨德没有说假话，在这个营区内，应该有那么几个成年人会同意拉西德进城去见哥哥。事务局的人并不是从伊拉克逃亡至此的，所以比起难民的个人需求，他们更重视规定，这也是理所当然的。在营区内生活的大人们也都了解这些，并且无可奈何。但是，如果是我……美野里的大脑在飞速运转。虽然不可能把他们带出营区，但如果他们想方设法请求这位老师或相互信任的大人允许他们外出，倒也并非不能帮他们进城。正像阿萨德所说，自己乘出租车来这里，然后搭载他们返回城里即可。这时，女教师对拉西德他们说了句什么，随即返回正在捉迷藏的伙伴中去。阿萨德目送着她的背影，自言自语似的说道："刚才说的事不会给你添麻烦，这个可以许诺。我们只是需要搭乘去城里的汽车，只要能在医院里做好假肢，他就能像你外公那样走路了。"刚才他脸上那孩子般的笑容已经消失，而拉西德则无言地注视着美野里。

美野里谢绝了当天的晚餐，在另一家酒店前乘上出租车，直奔难民营。驶出市区后，周围就像咕咚地落下了大幕般漆黑一片。路灯只是偶尔出现,前方只能看见车灯照亮的范围。

在安曼这座城市,这是美野里第一次单独外出,第一次乘出租车,她极度紧张,嗓子干得要冒烟,频频拿起随身携带的矿泉水送到嘴边。可每次都转念想到喝了水想去厕所就麻烦了,于是又把水瓶从嘴边挪开。她想起了几小时前和阿萨德他们的交谈。

阿萨德告诉美野里,到时候他俩就在检查站内侧等候。从本营区出来并不困难,常有学校老师和诊所的人有事,经过许可后即可前往其他营区,这时他俩就可以跟他们一起出来。问题在检查站这一关,如果运气好,检查站人手不够的话,还有机会,但如果通过那里时被发现了,就绝对会被阻止。所以,他让美野里尽量在离检查站远些的地方下车,想方设法吸引站内人员的注意力,他俩趁机向出租车附近移动。拉西德知道他哥哥的住址,所以进城后在哪里让他下车都行。他见到哥哥后,就去医院测量假肢尺寸,并于明天返回营区。如果能打出租车送他到营区附近更好,但如果不方便，就让他自己返回。从营区到城里很难坐上车，但从城里到营区既有合乘小巴，又有出租车，很简单。

阿萨德拼命恳求，拉西德也表情严肃地反复说："求你了，求你了。"

美野里问他们返回时怎样通过检查站，阿萨德说返回没问题，就说跟老师们一起出去，后来玩得走散了。当然会受到盘问，但也仅此而已，不会暴露自己于昨天就离开了营区，更不会给美野里添任何麻烦。

"拜托了，我想见到哥哥，我现在只有哥哥一个亲人了，他还会带我去医院，请答应我的请求。"拉西德注视着美野里重复道，阿萨德把他连续不断的念叨翻译成英语说给美野里听。

"明白了，我试试看。"美野里刚说完，拉西德立刻破颜一笑。他那张少年的脸庞中，透着某种与年龄和体形不相称的阴影，可一旦笑起来，就变成了天真的孩子的脸。美野里看到他，就想起自己曾体验过这种心情——只是看到一个少女绽开笑靥，就高兴得想哭。

这一带，白天时像是没有任何标志物的荒漠，到了夜里则完全沉入黑暗。过了一阵儿，道路前方出现几处灯光，检查站到了，可以看见有几辆面包车和轿车停在检查站前。美野里让司机把车停在离检查站五百米左右的位置，用英语和手势告诉司机在这里等候，随即走近检查站。

美野里看到有几个人在检查站前不停地交谈，觉得自己脚踩砂石的声音格外响亮。随着离检查站越来越近，美野里感到心脏在剧烈跳动，快要从嘴里蹦出来了。站在这里交谈的人像是外籍工作人员或联合国儿童基金会的职员，看样子他们聊得很投入，也许不会被发现，美野里就想绕开他们过去。"喂！"有人招呼了一声，美野里停下脚步，望着检查站。那些站着交谈的人和接待窗口对面的人们都望着美野里在说什么。"你怎么了？""你是哪里的呀？"美野里估计他们说的就是这个意思。

"我是白天来这里参观的日本人，和团队一起来过。我把手机忘在营区里的什么地方了，是手机。可以让我进去一下吗？没有手机真的很麻烦，因为如果今晚找不到会很难办，所以我来找一下。"美野里走近他们，用日语掺杂着英语单词大声叫喊。

"里面，不行？不能进？因为是晚上就不行？我只看看就行，只看看就行。"美野里边说边经过检查站走向营区门口，有几个人慌忙说着什么跟了过来。

"不行？里面不能进？哦，或者能不能请你问一下，遗失的手机是不是送到这边来了？喂，不让我进去吗？"

美野里竭尽全力地装出一无所知的样子，边用日语叫喊边向前走，终于来到了营区门口的横杆前。从杆下钻过去进入营区似乎轻而易举，可她转瞬间就被工作人员们围住了。

"你有什么事儿？""听你说遗失物品了？""一个人？""白天的旅行团？"虽然有几个词能听懂，但美野里并不想和他们对话。

"我可以进去吗？马上就出来，只是进去看一下！"美野里刚要钻过横杆，手臂就被人抓住了。时间争取得够充分了吗？他俩已经移动到出租车附近了吗？

"哦，抱歉，抱歉！我明白了，不能进去，是吧？那我明天……明天就要回国……回国。因为旅游车正在等我，在等我，所以要回去。请原谅！"美野里深鞠一躬，挣脱对方的手臂，背朝横杆大步向外走去。

"不要跟上我！不要追我！不要靠近出租车！"美野里在心里拼命祈祷着，径直走向夜幕之中，在经过检查站时，她回头确认了一下，确实没有人跟踪。

"再见！谢谢！"她挥挥手转向前方，不回头、不奔跑地加快了脚步。

当美野里到达熄灯等候的出租车旁时，全身都在冒汗，衬衫贴在皮肤上很难受。司机从车里出来了，正蹲着抽烟。美野里没看到那两人的身影，想到恐怕没成功，差点儿瘫坐在地上。这时，手臂突然被抓住了，美野里吓得"嘶"地倒吸一口气。猛然有一只手捂住了她的嘴，仔细一看，黑暗中浮现出拉西德的面孔，在他身后的是阿萨德。他俩像是躲在出租车的后边等候。

"走吧！"美野里向司机说道。司机站起身来，扔掉香烟，坐进驾驶席。拉西德坐在副驾驶席上，阿萨德则坐在后排美野里的身旁。

"你也要去吗？"美野里惊讶地问道。

"让拉西德独自去我不放心。他不会英语，他一个人回来的话我很担心。"阿萨德说道。他用美野里听不懂的话语向司机说了句什么。

在路灯稀少的黑暗道路上行驶时，美野里问阿萨德他们是怎么出来的，会不会有什么问题。可他只简短地回答说："没问题。"因为阿萨德和拉西德都沉默不语，美野里也一声不吭地望着车窗外的夜幕。

出租车在中心街道的清真寺前停下，两人说在这里下车。这座清真寺应该离酒店不远，所以美野里付费后也下了车。

"明天在这里等就行吗？"美野里问道。

两人点了点头。

"几点钟？"

"明天一大早去医院，十点钟能到这里。"

"那就十点钟，到时等你们来。"美野里说道。明天上午是旅行团的游览时间，如果连那段时间也算上的话，应该能送他俩回去。

"向你哥哥问好！"美野里朝离去的两人的背影招呼道。两人回头露出笑脸，拉西德竖起拇指并用日语说："谢谢。"

由于没吃晚餐，肚子饿得不行，身上虽已不再出汗，可心脏却还怦怦直跳，双手也有些发抖。本想在热闹的街道上散散步，自己一人吃点儿什么，但因担心此事会被发现，就暂且先回酒店了。这时，友井已回到了房间。

"哦，多田，这是前台收存的，寄信人可能是你的朋友吧。"

友井把信递给美野里，信封上"多田美野里女士"的字迹一看就知道是宫原玲的。美野里道谢后取出信来看。

美野里：

安曼怎么样？我今天从叙利亚返回这边，如有自由活动时间，想和你见个面。是不是不方便啊？我在离这里不太远（但破旧得无法和这里相比）的客栈里住。先把地址写在这里！如能见面，非常高兴。你别勉强。

玲

美野里确认了一下时间，现在刚过九点半。

"我朋友说她就在附近，我出去一趟，回来时不会打扰你，请你先睡吧！"

美野里向友井说完，就走出房间，在前台让店员看了地址，又让对方画了简单的路线图，然后走出酒店。

中心大街灯火通明，很多饮食店和商店还在营业，外国游客也在漫步游逛。

美野里走了不到十分钟，就找到了那家客栈。她登上楼梯，摇了摇放在无人看守的柜台上的手铃，一个看上去只有十几岁的青少年走了出来。美野里问他这里是否有个日本人名叫宫原玲，对方使劲儿点头，又撤回屋里。片刻之后响起一阵脚步声，宫原玲从楼上下来了。

"噢，居然能在安曼见面！"宫原玲展开双臂抱住了美野里。她穿着下摆至膝头的"丘尼克①"和牛仔裤，这是在约旦常见的装束。美野里刚才的紧张情绪骤然释放，由衷地欢笑着，抱着宫原玲团团转。

"见面了，见面了！"两人笑着反复说道。

"玲，你吃过饭了吗？我还没吃，去哪儿撮一顿？"美野里终于放开宫原玲，说道。

"我倒是吃了，不过还能再吃点儿，有个地方能喝啤酒呢！"

"我出去一趟。"

宫原玲把房门钥匙交给前台的人，走下楼梯。

虽然时近深夜，但宫原玲领美野里去的那家店依然挤满了当地人和游客。两人找到空位坐下，店员将面包和沙拉放在桌上，刚要离开，宫原玲叫住他点餐。随后，啤酒和像是鹰嘴豆浓汤的菜品被端上了桌。

"安曼因为游客很多，所以对酒精类饮料的控制较

---

① 一种从胸到膝盖或脚踝的筒形紧身裙。

为宽松。"

宫原玲说着把红罐啤酒倒进玻璃杯,两人碰了杯。

"要是镇得冰冰凉凉的就更好啦!"美野里说道。

"我也一点儿都习惯不了。"宫原玲也笑了。

宫原玲说她已对包括美野里走访过的难民营进行过取材,直到今早还在叙利亚。难民住在营区里虽能得到最低限度的生活保障,却难以找到工作。在城里生活虽然工作好找,却有所限制,而且常常得不到援助,还会与接纳方的居民发生摩擦。对难民的援助,往往会被当地居民看成是不合理的优待。

"也是因为得到朋友的协助,我对刚来安曼的伊拉克人的家庭进行了采访。哎,我以前说过,那个在土耳其认识的孩子可能从伊拉克来这里了,还记得吧?虽然还没能见到那孩子,可一想到说不定他就在这附近,就感到这家人所讲的情况好像就发生在自己身旁啊!"宫原玲说道,"家里所有的东西都顾不上带就逃了出来,从零开始在陌生的土地上生活,这对我来说实在难以想象。不过,即使条件艰苦,大家也依然以平常心度日，或者说不得不继续生存下去，为无聊的小事吵闹，为奇妙的事情欢笑。"

宫原玲说的确实像她最近考虑的事情，美野里为之欣慰不已。店员端来了圆圆的炸肉饼，宫原玲追加了啤酒。

"你还记得我在很久以前说过，得知翔太拍到恐怖袭击照片时，心情复杂吧？"宫原玲问道。

美野里点了点头。

"对一切毫无所知的游客，在现场像拍摄旅游景点的风景般拍摄被卷入事件的人物的照片并发表，我对此产生了违和感。我说过这话吧？但现在我想，大家不都是同样一无所知吗？就连我采访的家庭，虽然是当事者，可他们并不知道发生了什么，对吧？即便头脑里知道是教派对立，但并不清楚是哪方面怎样了，也不清楚今后会怎样发展。就连我也搞不清楚，原本信奉同一种宗教，为什么会发生战争，也不清楚为什么同一个国家的人会自相残杀，不得不背井离乡地逃亡。虽然以为别人告诉自己后就明白了，但其实心里并不完全清楚。我现在开始认识到，因为不清楚就觉得不用去看也不用去听，这是不对的。虽然不清楚，但必须把不清楚的事实记录下来进行思考。拍照片的翔太并没有做错什么！"宫原玲说道。

"这次翔太不来吗？"美野里边吃菜边问道。

"嗯，我没委托他拍照片。"宫原玲又打开一罐啤酒，说道，"倒不是因为觉得他是个惹人生气的家伙，而是因为翔太有他自己想做的事情，拉上他一起怪不好的。"

"我们访问了难民营，但感觉一切都像是早已准备好的套路。"美野里说出了今天的感受。因为这些话都无法向旅行团的成员们讲，所以在这里能说出来，她深感欣慰。她讲得十分投入，例如今天白天心里产生的那种违和感和对看似一切早有安排的疑问。

"我完全理解你想说的，那种做戏过于极端……"宫原玲嘟囔道，"有的能让人看，有的不能让人看，不过，那也是无可奈何的事情。正像美野里所讲，为得到持续援助，需要让人看到什么。确实会有这种情况，而且这也是这种旅行的目的之一。"宫原玲用手指捏着炸肉饼,送进嘴里。

在一对顾客离去后,又进来一对顾客,店内顾客源源不断。店员虽然态度并不亲和,但干起活儿来相当麻利。确实像宫原玲所说,这种团队本身就是那种"旅游团"。虽然她毫无恶意,但被判定为那种"旅游团",美野里还是感到了轻微的抵触。可能是意识到了这一点,宫原玲做了补充。

"我的意思倒不是说旅游团不好。我想:就算让那些失去家园逃难而来的人们来讲述,他们也不会那么畅快地说出自己遭遇的如此悲惨的境况的。但如果一声不吭的话,就无法向难得来这里的外国人转达,所以事先做好整理并预习一下也无可厚非。就算是预先练习过,那也不是说假话嘛!如果因为怀疑那是有人规定好的要怎样讲,就既不去看也不去听,我觉得那也不对。而且美野里能参加,我认为相当了不起呀!"

听到这话,美野里突然想起大学时代去尼泊尔时发生的事情。在走访孤儿院后,宫原玲曾说过,没有人讲真实情况，因为如果是自己的话，根本无法对昨天或今天才见到的外国人说出自己是在几岁时被父母遗弃的。

美野里忽然感到自己脸红了。宫原玲在大学时代已领会的事理，自己直到刚才都还没能意识到。不仅如此，自己还产生了违和感，甚至还想倾诉不满。她感觉这些都已被宫原玲点破。

"其实吧……"美野里边吃菜边说道。她想说自己并非单纯的游客，还独自乘出租车去难民营接那两个少年出来。这对美野里来讲是巨大的冒险，她想让宫原玲知道，她也能做出这种举动。

"我帮难民营的孩子实现了愿望。"

"愿望？"

"围着防护网的营区，玲也知道吧？那里有个男孩，在家乡遭到轰炸时失去了父母。他和哥哥走散了，最近得知哥哥就在安曼。于是……"美野里讲述了事情的经过。宫原玲表情认真地望着美野里。那正是在很久以前玲说过的，不是救助整个群体，而是能救一个是一个，自己也一直是这样想的嘛……，美野里本想接着这样说。

"在安曼告别了？"宫原玲依然表情认真地问道。

"这附近有座清真寺，对吧？就在那里。约定明天还在那里见面，我再把他们送回去。"

"他们明天真会来吗？"宫原玲不像是在问，而像是在自言自语。

"嗯，已经约好了。那孩子失去了一条腿，他说因为安曼有医院可以制作假肢，所以进城来测量尺寸。"美野里说道。

"你问过他那个哥哥的住址了吗？"宫原玲继续问道。

"没问呀！因为问了也不知道在哪里。"

"明天那孩子有没有可能不会出现？"宫原玲压低嗓音说道。

"啊？为什么？"

"哦，我倒不是吓唬你啦……"宫原玲欲言又止，若有所思地盯着一个点儿，"明天几点？我也要去那里呀!"

"怎么回事儿?"美野里对宫原玲的吞吞吐吐有些焦躁不安,"快说嘛!"

"那俩孩子是怎么从设有防护网的营区里出来的呢?"宫原玲嘟囔道。

"那个防护网也很令我惊讶呢!简直就像完全封闭起来一样。"

"因为难民营不是收容所,所以还允许出入。但之所以需要申请,是因为事务局要掌握难民的动向。防护网也不是完全封闭,只是需要在那里生活,直到消除一切怀有极端思想的可能性。那个营区内的人们也并非被封闭起来,可以说是被保护起来。"

"这一点我也听说了。不过,想去见哥哥的那个孩子才十一岁,哪儿有什么极端思想?"

"有很多孩子被拉去当了兵!据说孩子比较单纯,容易被洗脑。"

"怎么会?"

美野里笑了,但宫原玲没笑。美野里把罐装啤酒送到嘴边，喝掉剩下的酒。

"怎么会发生那种事儿呢？"

"嗯，希望这是杞人忧天。"

虽然饭菜还有剩余，但美野里已不想再吃，宫原玲也像在思索什么，沉默不语。不知是谁先提议说该回去了，两人付过账后来到店外，美野里和宫原玲告别，向酒店走去。

一个因想见哥哥而再三恳求，一个极力想帮他见到哥哥，那两个孩子不会毁约吧。不是还有和他们关系密切的老师吗？这是玲在故意找别扭，她一定是不喜欢这种普通游客的大冒险，美野里气愤地想道。虽然这样想，美野里却仍心悸不已。

第二天的日程是游览和自由活动，原定上午去死海，美野里虽然此前热切期待，但还是以要去见朋友为由婉拒了。早餐之后，旅行团成员乘坐小巴车出发了。

昨天约好十点钟见面，美野里在九点钟刚过就离开了酒店，前往昨天和他们分别的清真寺。

这座清真寺不允许异教徒进入，很多游客就只是拍摄外观照片。游客们愉快地面对镜头做出造型，美野里就坐在角落里漫不经心地望着他们。每当视野一角有人影晃动，她都会朝那边查看，可既不是拉西德，也不是阿萨德。"不过，还有二十分钟……""还有十五分钟……""还有十分钟……"美野里把视线投在腕表上，自言自语。过了不久，宫原玲出现了，她穿着和昨天一样的丘尼克和牛仔裤。

"早上好！"美野里本想以笑脸相迎，却做不出来。宫原玲坐到美野里身旁。已过十点零五分，他们仍未出现。

"其他国家的人可能不像日本人对时间要求那么严格。"宫原玲像安慰美野里似的说道，随即从提包里取出矿泉水来喝。

拍照的人和出入清真寺的人络绎不绝，众多人在眼前穿梭交织，却不见少年们的身影。美野里频频把目光投向腕表，十点十五分、十点二十分、十点二十五分，拉西德和阿萨德仍未出现。美野里确认时间到了十点三十分,就站起身来。

"玲,我去找酒店的人打听一下附近的大医院的地址,我要去看看。"

"医院?"

"他们说要去医院测量假肢的尺寸……"美野里虽然知道去医院恐怕只会白跑一趟,但还是这样说道。

"再等等看!也许在医院里耽搁了些时间。如果确定那孩子真是在那家医院,倒也可以去一趟,可如果不是,就极有可能走两岔了。"

美野里再次坐下。是啊,医院里肯定拥挤不堪。随着太阳一点点地移动,气温开始上升,美野里去对面商店买来矿泉水喝。

"对了,我第一次去见朋友介绍的伊拉克人时,等了近两个小时呢。在我以为被放了鸽子时,对方却满面笑容地出现了。真让人感到扫兴啊!"

美野里打断了说得正在兴头上的宫原玲。

"如果他们真的不来,我该做什么?怎么做呢?"美野里扫视着熙攘的人群嘟囔道。

"嗯，首先要告诉旅行团主办方的负责人，然后如果当地职员也与旅行团相关的话，还要向其进行说明。是否与难民营的事务局联系，由该职员做出判断。"

听宫原玲说她等过近两个小时时，美野里内心感觉还有一丝希望，并问道："如果那两人真的不来，会有什么大问题吗？"

宫原玲没有回答，而是从提包里取出矿泉水来喝。美野里看不到宫原玲的正脸，不知她是什么表情。

"不过呢，因为那里不是收容所，所以不管是大人还是孩子，只要一心想出来，还是能出来的呀！出来之后，可以在城市里生活或回到当地，任何人都无法阻挡。美野里只是偶然受到请求，才让他们坐上出租车的，就算你拒绝了，他们既然下定决心要出来，就还会等待其他机会。虽然旅行团组织方可能会指责你擅作主张和隐瞒情况，但我想还不至于出大问题。"

美野里听着宫原玲的讲述，心里想的既不是两个少年的去向，也不是领队的指责，而是几年前在外国被劫为人质的日本人。

因为没有追踪后续报道，所以美野里对那一事件已无清晰记忆。她依稀地记得，那些人中有一名女性，她不是游客，而是志愿者。他们得到释放返回日本后，受到了媒体和社会舆论排山倒海般的攻击。由于那波攻击异常激烈，就连对新闻报道兴趣不大的美野里也印象深刻。

舆情攻击他们出于个人意愿而进入了危险地域，给政府造成了巨大困扰。可为什么攻击的对象不是劫持人质的罪犯，而是受害者呢？心存疑惑的美野里甚至对那种攻击的猛烈程度感到恐惧。

而且，现在回想起当时的那种恐惧感时，她仍记忆犹新。自己从难民营带了两个孩子出来，他们现在隐匿了行踪，仍未出现。如果自己为他们提供帮助的事被曝光，会不会也遭到舆论的猛烈攻击？美野里忽然想到了这些。如果如宫原玲所说，不是什么大问题的话，不向领队、当地职员等任何人说明情况，能否蒙混过关？美野里心中暗自想道。

同时，她对自己在担心那两个孩子的去向之前先产生了这种想法也感到惊讶、意外、不寒而栗。不说不行吗？她本想问问宫原玲，可又不能让宫原玲知道自己为保身而想隐瞒一切。她好不容易忍住了没问。

"咱们吃饭去吧！从那家店的阳台座位能看到这里。"宫原玲指着对面一家饮食店说道。

此时已经快到一点钟了，美野里起身，跟着宫原玲向前走去。

看样子这里是面向游客的饮食店，备有英语菜谱。两人坐在阳台座位上点了三明治，继续观望清真寺的门口并开始吃饭。

"我到底还是被骗了吗？"美野里嘟囔道，"或许他根本就没有什么哥哥。"

"嗯。"宫原玲发出低吼般的声音。

"说不定他哥哥已找到工作，他们能在一起生活了。他们庆幸之余就把和美野里的约定丢在一边了。"宫原玲说道。

"也许会去当兵。"

"抱歉！"宫原玲沉默了片刻，小声说道，"抱歉！

因为我说出了这种话。虽然并非没有那种可能,但并不是绝对会去当兵。"

"我该怎么办呢?"

"先把这个吃完,我去联合国儿童基金会的朋友那儿看看。如果能见到,就问问怎么办才好。美野里也去吗?你不和旅行团的人会合,能行吗?"

"那我跟你一起去你朋友那里吧……那俩孩子说要去医院也许是假话,就算是大医院,像这样没头没脑地跑去,我觉得可能也不会有什么结果……"美野里嘟囔道。

"那好,一起去吧!"宫原玲点点头,然后拍了拍美野里的肩膀。

即使在交谈时,美野里仍希望那两人能出现,所以她故意慢慢地吃着三明治。但里面夹的什么馅儿,是什么味道,美野里还没吃完就已经忘了。从街道各处传来做祈祷的召唤声,美野里真是欲哭无泪。

在当天的傍晚时分,她们在安曼市内的联合国儿童基金会办事处见到了宫原玲的朋友。那个朋友姓小西，是一位同龄男性。听了美野里的叙述后，他没有立即发表自己的意见，而是与难民营的事务局取得联系。他不仅没说一句指责的话，还安慰说"不必为这个焦虑"，也许过几天本人就忽然返回难民营了，而且有几家和联合国儿童基金会协作的医院也许会有关于单腿伤残男孩儿的消息。或者如果他本人下定决心要离开难民营，就算美野里拒绝协助，他也会想别的办法实施行动。小西的说法和宫原玲一样，而且说话的语气和态度都很沉稳镇定，虽然尚无依据，却令人信服，美野里觉得可以松口气了。宫原玲和那位朋友对此事进行了协商，用英语联系了事务局或哪个机构，听起来感觉就像在找他们自己的孩子一样。

美野里返回酒店，向结束自由活动、正在休息的领队讲述了事情经过。领队赶紧手忙脚乱地打电话与各处联系，美野里再次怀着懊悔的心情听了一遍。如果可以，她希望不要让旅行团的其他成员知道这件事情。或许领队觉察到了美野里的这种心情，晚餐时就像没发生这件事似的谈笑风生。在和大家一起返回酒店，大家各自回到客房后，领队跟美野里说："在大厅里聊聊吧！"

"联合国儿童基金会的人已和难民营取得了联系，我方也通过协调员和团队的工作人员联系过了。你这样做可能是出于好心，但坦率地讲，希望你能明白，这里不是日本，我们所具备的常识并非在全世界都通用！年龄不到十岁的孩子们被拉去当兵，身上绑了炸弹被送去实施自杀式恐怖袭击也是常见的事情。当然，那孩子未必有这种可能性。但是呢，你的行动很轻率，而且你找借口没参加今天的游览行程，对吧？这毕竟……"领队停下来，叹了口气。

"实在对不起。"美野里低头道歉。她反复提醒自己不要哭，可还是忍不住流下了眼泪，无法抬起头来。

"而且，发生了这样的事情，今后我们的旅游项目也许会得不到批准……不管怎样，这事已无法挽回，让我们祈祷那孩子返回难民营吧！从明天起，你要按照日程和我们一起行动。"领队说完站起身来，"晚安！

好好休息吧！"

美野里依然垂着脑袋，听到领队的脚步声远去，泪珠落到放在膝头的手背上。

回国这天一大早，前台打电话来叫，美野里接完电话后去了一楼大厅。坐在沙发上的宫原玲看到美野里，就挥了挥手。

"早上好！今天就回去了，是吧？我来道别。"

"玲，很多事儿都谢谢你了。抱歉，给你添了麻烦。"美野里说着坐到宫原玲身旁。

"没添什么麻烦。"宫原玲说道。

时间刚过六点钟，大厅里空空荡荡，人很少，早餐好像也还在准备中。

"美野里，那个，难民营男孩儿的照片，有吗？"沉默片刻的宫原玲问道。

美野里从衣袋里取出手机。

"这是用手机拍的照片，怎么了？"

美野里把存在手机里的照片找出来，宫原玲用自己的手机拍了下来。

"叫什么来着，这俩孩子的名字？"

"这边就是找哥哥的拉西德，这孩子叫阿萨德。"美野里说完，有气无力地补充道，"如果这俩孩子没撒谎的话，可是呢……"

宫原玲听到后，从提包里取出笔记本，把名字记了下来。

"美野里，我还要在这边待一阵子，这俩孩子，我找找看吧！来这里避难的伊拉克人好像意外地相互都有关联。另外吧，他俩是否已返回难民营，我再和朋友联系一下，有消息立刻给你发邮件。"

美野里注视着宫原玲，竖拇指的少年的笑脸浮现在眼前，她还想起少年嘟囔了一声不知跟谁学来的日语的"谢谢"。

"在第一次去过的尼泊尔……"美野里一开口就热泪盈眶，而后继续说道，"在大家一起去过的孤儿院，有个孩子怎么都不笑。后来当那个孩子笑出来时，我高兴极了，我一直认为自己想做的就是这样的事情。所以，在像被防护网封闭起来的难民营里，失去父母后又和哥哥走散的孩子说要去见哥哥，我就想帮助他，丝毫没有怀疑他说的话，像傻瓜一样产生这种想法，自以为是地想着能帮一个是一个。我做了多么愚蠢的事情啊！明明当时什么都不了解。"美野里用袖口擦着眼泪和鼻涕说道。她感到官原玲在抚摸自己的后背。

"没问题，肯定能找到，没问题啦！我说过好几次了，就算美野里拒绝，那孩子自己也会行动的嘛！"

"仔细考虑一下，他就算是测量完了，假肢也不可能当天就做好，而且来取做好的假肢还得溜出营区。这种事情想想就能马上明白过来，可我却像傻瓜一样囫囵吞枣地相信了……我太自以为是了！我当时觉得自己能为他人做事了……"美野里与其说是对官原玲，不如说是对自己嘟囔道。

"嗯，你就当已经帮他见到了哥哥。"官原玲反复说着，然后站起身来。

"玲，你也帮我谢谢那个联合国儿童基金会的朋友。感觉那个人很稳妥可靠啊！幸亏有他在。"美野里还想和官原玲多聊聊，就提到了这事。

"哦，你不会是有什么误解吧？小西和我什么关系都没有，美野里动不动就往那上面说事儿。"宫原玲故意打趣地说道，"那好吧，再联系。"宫原玲轻抚一下美野里的手。

美野里送宫原玲来到酒店外边，宫原玲频频回头挥手，做握拳振臂的动作。在早晨的阳光中，宫原玲的身影逐渐远去。

领队对美野里的态度丝毫未变，像什么事都没发生似的照常行动，带领旅行团一起前往机场。他们要和来时一样在迪拜中转，转乘飞往成田机场的航班。正如美野里所希望的那样，旅行团成员之间并没传开美野里的那件事情。在成田机场解散时，领队依然态度不变地对待美野里。

美野里已幡然醒悟，而且深感羞愧。她不曾知道会有孩子被拉去当兵，每当想起领队说的人体炸弹，她都差点儿当场瘫倒，真想放声呐喊。

她还有另一种心态：看样子事态不会像当初恐惧的那样发展到被媒体和社会披露，并受到舆情的猛烈攻击。发现自己怀有这种心态之后，她觉得自己是多么可怕的丑陋之人，并对自己厌恶到了极点。不过，这并没有抵消那种如释重负的感觉。

回国之后，她照常继续着每一天：去公司上班，下班后，或和朋友一起去喝酒，或自己回家一个人吃饭。节假日里会清扫房间、洗衣服，外出看看电影或逛逛街。无论做什么事情，她都感觉心里像开了个大洞一般，仿佛已不会产生想做什么的心愿和欲望了。

想增加捐赠绘本的对象，想去看书展，想批量购买图书，还想参加研学旅行——在去约旦之前想做的这些事已彻底消失，因为无事可做，美野里就在街上闲逛或看电影。但是，想买什么，想看什么，自己连这些事都不明白了。

四月中旬，美野里和翔太在新宿的居酒屋里喝酒。她联系翔太，说如有空闲就一起喝几杯。翔太回复说，虽没空闲，但还是喝几杯吧。

自从前年庆贺官原玲出版新书以来，美野里一直没和翔太见过面，也不太了解翔太后来在做什么工作。

翔太出现在了约定碰头的书店前，他比此前最后一次见面时更让人感到与学生时代毫无变化，美野里觉得非常亲切。不过，之所以感到亲切，还是因为从学生时代已经过了很长时间，美野里边想边跟上翔太的脚步。

他们在人群熙攘的街上边走边选好合适的酒馆，进去后，只见店内挤满了上班族和大学生，美野里和翔太被领到柜台边的座位。

店员来送热手巾，两人异口同声地说："生啤！"

他们看着菜谱，点了烤串拼盘、煮杂碎、野菜天妇罗等。美野里问翔太近况如何，翔太也和宫原玲一样，说他虽然作为摄影记者出版了一本书，但业务并未猛然增长。

"很多还是靠门路揽的活儿，比起以前，想做的事情……，不，相较而言，不想做的事越来越明确，所以开始对业务多少有了选择性。"翔太说道。

"不想做的事情是什么？"美野里问道。

"例如拉面排行榜之类的啦，有魅力的时装啦，演艺名人啦，新开业的商厦啦，我发现自己对时尚新潮的东西不擅长。"

"因为感觉太轻浮？"

"不，不是轻浮不轻浮的问题，关于那些东西的价值观每天都在变，是吧？不停地追逐那些，就会感到仿佛什么事都没做，我想我不适合那种。"

背后传来笑声，店员气势如虹地吆喝了一声"让您久等啦"，随即把菜肴摆在柜台上。美野里感到，自己几天前所在的那座高低错落的遗迹般的白色城市恍若虚幻。

翔太边吃烤串边和美野里聊了起来。

"玲那本书的摄影工作挺愉快的！虽然那不是由我撰文，只是摄影，但我反复思考了怎样拍摄才能不局限于那些孩子的面部和服装，全面反映他们的生活状况，所以那样的工作非常有意义。哦，另外，我去年跑了一趟缅甸。这回简直太幸运了，最初就和有关方面讲好了，前提条件是采用我拍的照片。"翔太滔滔不绝地讲下去。

"那个，就是日本记者死亡的……？"

美野里不清楚详细情况，但还依稀记得缅甸发生了针对军事政权的大规模示威游行。因为她曾在报纸上看到，有个日本人去当地取材，因军方士兵开枪而死亡。

"不仅是日本记者，普通人也被卷入并造成了死亡。"翔太用低沉的语调说道。

与低沉的语调相反，他大快朵颐，还追加了啤酒。

"这回也感到工作很有意义吗？"美野里问道。

"嗯……"翔太的视线在空中游移，咽下嚼碎的食物，"不是工作的意义，而是使命感吧！"翔太说道。

"这样说可不是装腔作势，我是第一次看到那么大规模的示威游行。这种事必须有人转达，否则很少有人知道这一事件造成多少人死亡。如果不告诉全世界的人，那是极为可怕的事情。"

"使命感。"美野里在心中重复着这个词。

"今年北京将举办奥运会，所以我估计会有相关业务。但作为个人来讲,我想去调查那个毒饺子事件。将来会怎样还说不清呢!美野里怎么样?工作进展顺利吗?"

"我在安曼和玲见面啦!"美野里答道。她联系翔太就是想说这件事。

"啊?和玲?在安曼?"

翔太紧紧地盯着美野里。美野里追加了啤酒,顺带追加了几道菜。

"我想延续大学时代的活动,最近还参加了研学旅行之类的团队。前不久找到了走访安曼难民营的旅行团,就报名参加了。因为玲目前在安曼和叙利亚进行与难民问题相关的取材,所以我期待能在那里见到她……"

美野里不品其味地吃着端来的菜肴,机械地把啤酒端到嘴边,坦白地讲述了自己做的事情。店内各处频频发出的爆笑声,不时响起的怪叫声,店员那气势如虹的吆喝声,全都骤然远去,眼前浮现出那只有碎石和矮树的荒漠般的宽广大地,还有覆盖在大地上方的无限扩展的碧空。

回国后过了十天左右，宫原玲发来了电子邮件，据说发现第三营区的防护网有部分破损，破损处很小，已被巧妙地用建筑材料掩盖起来了。美野里认为，这就是说，并不是老师或周围的大人把他们放出了营区。虽然那两人尚未返回原处，但因为住在城市的难民必须进行相关登记，否则会得不到援助，所以，宫原玲打算一边协助联合国儿童基金会的工作，一边寻找拉西德和阿萨德。

美野里讲到这里，翔太表情认真地说："真的假的？没想到你竟能做出这种大胆的事呢！"

"我把想为别人提供某种帮助的心愿错以为是使命感，真是个傻瓜旅行者呀！"

"哎呀，好啦，不过，都会那样想的嘛！嗯，听别人说想见到走散的哥哥，就会觉得对方心情急迫，自己能帮就帮。"翔太既不是在嘲弄，也不是在轻蔑，边说边频频点头，"美野里的想法很正常嘛！根本不会想象到那孩子会去当兵。"

"这样是不行的呀！明明对什么情况都不了解，而且视野非常狭窄。"

"不过吧，那孩子有可能去当兵，只是玲的猜测吧？"

美野里对此没有回答，她想起在去约旦之前参加走访印度孤儿院的旅行团时的情景。

她走访了一座像村庄般巨大的设施完备的孤儿院。

在孤儿院工作人员的带领下，访问团成员列队参观了学校、图书室和自动化办公室等。孩子们时而亲近地围绕在身边，时而稍稍拉开距离跟在后边。当美野里被什么吸引而单独离开队列时，她被三个少女围住了。"怎么？要拍照片？"美野里比画着问道。她们毫无笑容地在美野里眼前伸出手指揉搓，并反复做出吃饭的手势。美野里这才明白她们肚子饿了，想要钱，不知何故，美野里忽然感到自己脸红了。

那三个少女围住美野里，反复做着同样的动作，与正在欢闹的孩子们的状态相去甚远。她们用呆滞的目光盯着美野里要钱，美野里望着她们，双腿发软，迈不开步。

有位团队成员忽然发现美野里不见了，在前方回头呼唤美野里的名字。少女们忽地离开现场，美野里赶紧跑回团队中间，双手颤抖了好一阵儿。

她也曾遇到过乞讨者，在印度的德里市和瓦拉纳西市，都有大量的乞讨者。其中有三岁左右的小孩，也有面无表情，伸出一只手紧跟不舍的孩子。因为数量众多，早已见怪不怪，所以，当面对那三个要钱的女孩时，究竟为什么会惊慌失措，连她自己也想不明白。尽管想不明白，却在心中留下了羞耻的记忆。这件事她没对任何一个旅行团成员说，在见到宫原玲和睦美时也没讲过。

但是，当她现在对翔太讲起在安曼发生的事情时，感觉似乎明白了当时惊慌失措的原因。

人绝对会以善意报答善意，自己曾无比强烈地确信这一点，确信这是在世界都通用的规则。如果在这个规则的范围内考虑，只要带着大量的捐赠和援助物资，将其送到急需者的所在地，对方当然应该以笑容和感谢回报，以援助为目的的研学旅行就应该得到保护。自由活动时间，在市区街道上碰到纠缠不休的乞讨者是正常的事情，而在观光游览所经过的场所出现乞讨者则不被允许，因为那些人必须脸上洋溢着笑容，向自己表达感激之情。就因为自己无比确信这一点，所以当在那种规则不通用的场合遇到乞讨者时，才会那样茫然不知所措。时至今日，美野里终于意识到了这一点：使自己感到羞愧不已的并非被那三个少女围住要钱，而是自己曾经漫不经心地相信那种任性的规则。

美野里耳边响起那位领队的声音："我们所具备的常识并非在世界都通用！"自己曾多次参加研学旅行，却并未有所获益。

"不管在哪个国家，都能用自助售货机买酒，我曾对此深信不疑，我的视野就是这么狭窄呀！这实在令人感到厌恶啊！在大学时，也曾自以为是地觉得看到了世界，可其实我什么都没看到，只是参加了一些援助活动，就自我感觉良好而已。"美野里说道。

翔太一直在默默地喝着啤酒。

"你大可不必追溯那事儿，自找不快嘛！"翔太说道,"至于那么耿耿于怀吗？当然,他父母都已去世,要是因此而复仇心切,也有可能去当兵啦！但这不也只是我们的想法和狭隘的伦理观吗？那孩子见到哥哥后能在城市里生活,毕竟是自由的,挺好啊！如果往返还得办各种手续,实在太烦琐,干脆就这样做吧。其实他们也许就是这种感觉。你就这样想：哦哟！捅娄子啦！这事儿就算翻篇儿了。"

翔太边说"哦哟",边用单手捂住脑门儿,伸了下舌头并使了个眼色,美野里微微一笑。

"是那样吗？"

"可是,你好好想想啊！他不可能被强行拉出去交给军队吧？目前真相不明,而且从那孩子的角度来讲,也只会这样想：'谢谢啦,那个不知从哪儿来的外国人！'仅此而已。"

十一点过后,美野里和翔太出了居酒屋,走向车站。街上灯火通明,感觉就像晚上八点前后。步行道上,有个年轻男子把提包甩在一边,躺在地上。本以为他可能是倒地而亡了,但其实是醉卧街头。那男子西装革履的，像呼喊万岁似的伸展双臂仰躺在地，旁边还有人用手机拍照。

"在我第一次海外旅行之前，一直以为这是全世界共通的呢！"翔太边笑边说道，"我曾以为，所有的国家都有醉汉在路旁东倒西歪，吐得一塌糊涂，在电车里靠在别人身上沉睡，在麦当劳店里用提包占座位去点餐。我相信这些都是很普通的事情，根本用不着说。"

"因为翔太是东京人嘛！我来东京后第一次看到有喝醉了的人在路边呕吐，简直吓坏了。后来在电车里看到有人抓住吊环站着睡觉，也是非常惊讶。过了好长时间才适应。"

美野里说着想起了第一次去尼泊尔时的情景。翔太、宫原玲和美野里都把额头贴在车窗上，视线追随着未铺装的赤褐色的土路和光脚玩耍的孩子们。

"玲现在还在约旦？"翔太问道。

"在约旦和周边国家的难民营取材。"美野里答道。

"不过，我觉得玲也有做得不好的地方。"翔太边走边嘟囔，"因为越小的孩子越容易被洗脑，所以有可能被拉去当兵，这只能是她自己的猜测，我觉得她不该对你讲这个啊！当然，也许是因为她去采访过难民，自己也对这种事感到非常惊讶，所以才会那样讲。但是，她没考虑过你受到的冲击会这么强烈吧？"

"玲没有做得不好的地方呀！领队也说过，有的孩子会被强迫去当人体炸弹呢！"美野里说完，感到轻松了一些。其实自己也曾多次想过，要是那天晚上和宫原玲会面时，她不讲那种情况就好了。虽然自己可能同样会受到领队的指责，也会后悔自己所做的事情，但也不至于懊恼到挠头揪发吧。可她还是觉得，怀有这种想法的自己才是最可恶的人，她在心中对自己充满了厌恶感。她也明白，自己没有任何理由可以向宫原玲转嫁责任。

"对了，玲还说，翔太的做法没有错。"美野里说道。

"啊？什么呀？"

"咱们上大学那会儿，翔太拍到恐怖袭击事件现场时明明是一无所知，可她却对此产生过违和感。但是，她上次又说你那样做是正确的。即使是在当地生活的人们，哪怕程度不同，也肯定是不清楚当时的状况的。"

"我为什么必须得到那家伙所谓正确的宣判啊？"翔太不满似的说道。

"是宣判吗？我觉得她是在夸奖你。"

"如果是夸奖的话，那还算好吧！"

越走近车站人越多，检票口前像正进行大甩卖的商场般人头攒动，围成涌向检票口的人潮，从检票口走出的客流汇聚交织，年轻人的身影特别多。

"哦，现在是学校迎新生的季节呀！"美野里嘟囔道。

看着从居酒屋出来后仍余兴未尽地聊个不停，在车站内围成一圈，喋喋不休地欢谈的年轻人，美野里感到自己、宫原玲和翔太也仿佛身在其中。

"美野里，你是京王线？我是小田急。那好，回见。"翔太举起一只手。

"今天谢谢啦！"美野里说道。

"下次再喝。"翔太说完，就汇入人群中了。

美野里上了拥挤的电车，好不容易抓住一个吊环。面前坐着的公司职员歪在旁边的女子身上睡着了，女子不堪其扰地往旁边躲，那人稍稍坐正一下，又靠在了女子身上。

"使命感。"美野里漫不经心地望着眼前的情景，然后重复着翔太的话。

"使命感"——这是翔太心中极为普通地产生的感觉吧。虽然不知是从何时开始的，但玲肯定也是被与此相同或类似的心情驱动着。玲也许是从因为撰写了幼稚的新闻报道而懊悔的时候开始的，翔太也许是从偶然身处恐怖袭击事件的现场时开始的，使命感于某个时候在他们心中生根，他们被那种使命感驱动着向前。

如此看来，"使命感"一词，换个说法的话也可以称之为"才能"吧。翔太有这种才能，玲也有这种才能，可自己却没有，美野里想道。以前只是觉得如果自己也有这种才能就好了，自己只是在假装拥有这种才能。想到这里，美野里感到清爽多了。

二〇一九年

"第二届残奥会是一九六四年在东京举行的。"寿士在居酒屋的柜台旁开始讲述。

"啊?是吗?"

寿士稍显得意地抿嘴一笑,又点了壶清酒,像故意似的"嗯哼"一声,清了清嗓子。

"残奥会的发源是在英国的斯托克·曼德维尔医院。在第二次世界大战中,这家医院建立了专门治疗因脊髓损伤而致残的士兵的科室,由一名叫古特曼的医生负责。古特曼医生认为可以采用运动的方式,帮助因脊髓损伤而引起下肢瘫痪的伤员进行功能康复训练,并开始实践。在这家医院,使用轮椅的伤员们参加了斯托克·曼德维尔运动会——这就是残奥会的鼻祖。而且,最初的参赛者虽然只有十几人,但都是从战场生还的伤员。"

寿士娓娓道来,喝了一口斟在酒盅里的清酒。

"哦?"美野里佩服地点点头。自从得知凉花是田径运动员之后,她逐步地查找了明年残奥会的开幕日期、竞赛项目种类等信息，却根本没想到去了解残奥会的历史。

从高松市回来后，美野里很快把参观残疾人运动员田径竞技集训和外公认识年轻运动员的情况告诉了寿士，还有名叫持丸凉花的女子去见外公的事，还有如果她入选残奥会参赛选手的话，自己就要和小陆、外公一起去看她的比赛。因为此前对奥运会和残奥会都不甚了解，所以要做很多很多功课。寿士当时听完，只说了句"是这样啊"，所以美野里没想到他会调查那么多信息。

"那谢谢你，查了这么多信息。"美野里高兴地道了谢。

"不用，不用，这可是相当不同寻常的事情啊！奥运会开幕日期临近，相关书籍也出了很多，我就随意查了一下残奥会的起源，结果发现这简直就像小说一样，真了不起。"寿士兴致勃勃地说道。

"啊？什么了不起啊？"美野里边浏览菜谱边问道。她要了个酒盅，拿起寿士的酒壶，也给自己斟上酒。

"当时有个日本医生去斯托克·曼德维尔医院参观,感到非常震惊。那位古特曼医生的医疗方法、思维方式,回归社会的残障人士人数之多,社会对此的欢迎程度,这些全都使他感到了触电般的冲击。后来他回到日本,下决心要引进古特曼的治疗法。但是,当时的日本……嗯……是哪一年来着?就在东京奥运会举办的几年前,当时的日本还把残障人士当作病人对待。下肢瘫痪、四肢损伤就只能一辈子躺在床上,谁都不会考虑帮他们回归社会。或者说从一开始就认定残障人士不可能搞什么体育运动。"寿士讲到这里停下来,像刚想起似的伸筷子夹起摆在柜台上的炸菜和煮菜。

"然后呢?接下来呢?"美野里注视着寿士,催促道。

"接下来反正是相当精彩,这个吧,有好多书呢!你最好还是选一本自己读读,一定会兴奋得不得了,我讲的枯燥梗概实在没什么意思。"

"明白了。我读嘛!我读,我读。"美野里劲头十足地说道。

美野里听了寿士说的话，想起了外公清美——在战争中失去一条腿生还的清美。一样是在二战中负伤，但在古特曼医生所在的医院里，有的伤员就通过体育运动恢复了部分身体功能，那不是古代的故事；而从美野里记事时起，清美就什么事情都不做，或许就因为当时的日本还是一个人们普遍认为残障人不可能回归的社会。

寿士又给自己和美野里的酒盅里斟上清酒，喝了一口，继续讲述。

"详细情节你自己去读，简要地讲就是，那位去斯托克·曼德维尔医院参观的日本医生和古特曼医生约定，几年后在东京也要举办面向残障人士的国际性的体育运动会。而且，这件事并没有停留在口头约定上，后来，这位日本医生致力于改善残障人士的社会福利。怎么说呢，你认为这样的人是怎样的呢？"

寿士说完，注视着酒盅笑了。

"这样的人就是像领导者的那种？"美野里问道。

"就叫顶尖人物吧！他们突然出现，以超凡的能力改变世界发展格局，不是吗？"

"就像手冢治虫那种？"

"嗯……"寿士沉吟道。

"就像史蒂夫·乔布斯那种？"

"是啊，就是那样的一群人！发挥自己超凡的能力拓展新的天地，这样的人物是怎样炼成的呢？真的令人深思呀！究竟是生来就具备那种能力并充分发挥了呢，还是得到某种选择，被赋予了与本人意志不相一致的特殊使命呢？"

"就像抽签似的被选中。其实，本人只想安静平凡地生存下去，却偏偏不得不那样做。于是，在那种人物的周围遍布着被暗中授予相似的特殊任务的人们。当其中一人猛然奋起时，周围人们也不得不跟着做，时事就会难以置信地势不可挡地突飞猛进……不是常发生这种事情？这是我的想法。"寿士一口气说完，又难为情似的笑了。

"嗯，果然是爱看电影的人，想象力丰富啊！"美野里并非挖苦，而是坦诚地表示佩服，"其实我也考虑过这个问题。我想，在某个方面卓有建树的人，当然也努力奋斗了，但毕竟是有与生俱来的天赋吧。这方面是由什么来决定的呢？人在发现自己好像并未被赋予特殊的任务和使命时，是不是就会产生这种疑问呢？"

"自己是不是被赋予某种特殊使命的存在，顶尖人物确实不会产生这种疑问呀！他们只是不顾一切地勇往直前。"

美野里向柜台内侧的店员要了茶水，然后吃完剩下的饭菜。寿士也看了一下时间，把清酒全部喝完了。

两人出了居酒屋，走在回家的夜路上。

"哪种比较好？"美野里问道，"天选的顶尖人物和平凡的大众。"

"那当然是后者啦！"寿士秒答，美野里笑了。

"我小时候不是这样。其实，那时候我幻想过，自己具有超凡脱俗的才能。"

"哪方面的才能？"

"不，哪方面都行。像踢足球、烹饪、变戏法。因为我没正儿八经试过，所以并不清楚，只是心里想到如果好好学学，也许能一鸣惊人。"

"啊哈哈，你也真敢想啊！"

"太敢想啦！结果什么都没学。"

走过商业街，穿过人行横道，住宅区在前方展现。饮食店和便利店的灯光都已熄灭，道路突然变得昏暗无光。仰望夜空，一弯月牙高高悬挂。

"不过，从某种意义来讲，改变世界的不是天选之子，而是其他大众啊！就算某个人完成了他的使命，如果大众没有任何变化，那也还是一切照旧。"寿士说道。

"这是积极向上的意见。"美野里点了点头。

首届残奥会是于一九六〇年在罗马举行的。而一九六四年的东京残奥会是第二届残奥会。罗马残奥会当时也被认为是第九届国际斯托克·曼德维尔运动会，参加那届残奥会的都是脊髓损伤的运动员。其后的斯托克·曼德维尔运动会还有其他类型的残障人参赛，而古特曼坚持使用"斯托克·曼德维尔运动会"这一名称。

那个为举办残奥会而东奔西走的医生,确实具备难以置信的超人的潜质。美野里听寿士讲时,想象到的是被归类于天才的那些医生,就是具备实施外科手术和功能康复训练等天才能力的人。但是,当她阅读相关书籍时,却发现有所不同。那位日本医生的特殊之处并非身怀超高医术,而是具有超凡的精力和热情、超凡的体能、某种异样的气魄。在那种气魄的感召下,千千万万的人们或偶然或必然地被卷入其中,为实现其目标而竭尽全力。

美野里也满怀兴奋地沉醉在阅读过程中,而且和寿士同样感到不可思议。这位医生并非自己也有身体残障,家里也没有残障人士。他只是偶然地成为外科医生,在尚无康复训练这种概念的时代,接受了导师的建议并开始学习和研究。

那位医生从此开始像超人般大显身手,但究竟是什么驱动那位医生走到这一步呢?美野里也不能不思考这个问题。将周围的力量汇聚起来,突飞猛进地改变社会，这位医生是天选之子，被赋予了特殊使命。只有这样的推断才容易被接受。

一九六四年残奥会的相关记录中展现了如今无法想象的情景。比如对从未见过篮球的残障人士进行指导，或者某位选手会参加多种项目的比赛。因为有的选手可能会在赛前突然提出放弃，所以还需要有担任替补的选手。另外，那些被紧急召集组队的日本参赛者在很多项目中惨败，也各自经历了巨大的意识革命。

美野里专心地读书，又不禁想起了清美。当因战争负伤的人们在英国的医院里进行康复训练时，同样因战争负伤的清美回到日本后在干什么呢？如果他遇到了那位医生，比如说就在那位医生的疗养院里接受康复训练的话，又会是怎样的结果呢？

大学时代，在公寓里和清美边吃晚餐边看残奥会新闻摘编的情景，又清晰地浮现在了她的眼前。

"要是外公早就知道的话，也许能参加呢！"自己什么都没想就说出来了，"哦，不对，年龄有点儿那个吧。"美野里接着说道。

"年龄有点儿那个啊！"清美笑着说道。

当时清美究竟是怎样的心情呢？

说不定清美即使双腿健全，也还是与竞技运动无缘。一九六四年，清美大概四十岁，年龄或许不合适。可是——美野里还是忍不住想道——一九六四年的东京残奥会的参赛者既不是运动员，也不是训练有素的人，而是临时召集的残障人士，甚至还有无法拒绝而被迫参赛的人。如果清美去参赛的话，会发生怎样的变化呢？美野里之所以产生这样的想法，是因为读了相关书籍，了解了残奥会的起源——斯托克·曼德维尔运动会的参赛者都是在战争中负伤的人。虽然由于清美避而不谈，所以"战争"这个词往往会被忘记，但美野里读到残奥会的由来时，就感到战争近在咫尺。清美曾经就在那里，并从那里归来，能感到他就存在于毗邻战场的大地。

这一天，在临近关门时，真锅市子进店来了。

"哎哟！吓我一跳。市子，怎么搞的？"美野里正在清理空了的蛋糕柜，看到市子就惊讶地站起身来。蛋糕已所剩无几。

"我在附近，顺便过来，差不多卖完啦？"

市子进店后把视线移向右侧展柜，上面摆放着巧克力蛋糕和烘焙甜点。市子站在展柜前认真地对比后，选取了几种放在收款台上。

"这里营业到几点？"她问结账的美野里，听说马上就关门了，市子笑着问道，"要是下班后有时间的话，去喝一两杯？"

美野里告诉市子附近有家小巧精致的居酒屋并让她先去。美野里完成店内清扫，关好店门，向桃子她们打了招呼后，随即前往那家居酒屋。市子正在柜台前喝啤酒，美野里坐在她旁边，要了啤酒并打开菜谱。

"你精神挺好的啊！感觉你们店比以前大了。"

美野里想不起来市子此前最后一次来山下亭是什么时候了。

"店内空间没有变化，只是改变了布局陈列。"美野里说道，"市子说喝一两杯，如果市子时间方便，三四

· 422 ·

杯怎么样？"美野里说完，市子就笑了。

"我喝五六杯也行，你老公不介意吗？"

"我家没那一说。"美野里说完就点了几道菜。看样子比美野里还年轻的店员记下来并传达给了厨房。这是一家提供创意菜品的小店，而且深藏于小巷之中，所以很少有顾客盈门的时候。现在只有一个穿西装的男子坐在柜台前的座位上，还有就是坐在她俩背后的餐桌旁聊天的一对男女。

"没那一说，挺好的啊！"市子说道。

市子在创立服装品牌后结了婚，又于两年后离了婚。因为美野里都是在事后才知道的，所以她没见过对方。

"市子现在住在哪儿来着？"美野里吃着作为开胃小菜的豆腐皮，问道。

"三茶，从这里能走着去。"

"啊？是吗？既然这么近，你完全可以经常来嘛！"

"是啊！完全正确。"市子点了点头，"这么说，你和玲联系上了？"

"联系上了。谢谢你。她说想在年内回来,但不知会怎样。"

"哦!"市子点了点头,慢慢地喝着啤酒,"她可真是满世界到处飞呀!"

虽然是时隔许久见到市子,但在美野里看来,她与大学时代没什么变化。美野里原想:她经过结婚、创业、离婚,应该俨然一位远比自己成熟得多的大人。但现在看上去,她依旧是当年在夕阳映染的洗衣房里阅读文库本时给自己的印象。美野里这样说时,市子顿时大笑。

"因为咱们是一起慢慢增龄,所以感觉不明显。"市子说道,"如果被别人看到,会觉得是大妈们为相互照顾情绪,才说对方'一点儿都没变'呢!"

菜品端上来了,两人把凉拌茄子和香菇煎蛋卷分开,边吃边聊起各自的工作和共同的朋友。由于共同的朋友并不是很多,所以也很快就聊完了。美野里又追加了啤酒。

"你特意来一趟,是不是有什么事儿要说?"美野里问道。

"没有。前些天收到邮件,就想见见你嘛!我以前经常不在家,最近也不出差了,就待在三茶,所以想过来看看。"

"啊?仅此而已?"

"而且咱们住得挺近的。哦,要是不早点儿来,就买不到蛋糕了呢!"

两人喝着新追加的啤酒,吃着小菜,沉默持续了一阵。背后的那对男女离去后,穿西装的顾客也离去了,接着又来了女子三人组,她们正在谈论刚刚看过的电影。

"对了,美野里的公司不经营公平贸易产品吗?"

听市子这样问,美野里产生了戒心。大学毕业后去世界各国旅行,完成"向社会学习"的市子曾在食品公司就业,原想向公司推荐经营公平贸易产品,却没成功,于是辞了职。其后,她采用公平贸易协议中的布料和棉花生产产品,建立了自己的品牌。

"哎呀,我只是一个普通员工,没有做那种决策的权限。市子说想见我，是不是为了推销相关食品的呀？"美野里半开玩笑地说道，市子故意翻着白眼做出怪相。

"说什么呢？把人家当成推销员。"市子低声说道，"根本不是那么回事儿。因为我原本就想做那个业务，虽然现在在做服饰，但食品也比以前多得多，最近还会涉及批量业务，所以我觉得挺有意思嘛！只是为这个问你一下。"

美野里心想：从市子的角度来看，她确实会关心美野里究竟想做什么。市子曾经热衷于志愿者社团活动，还一度全身心地投入与海外相关的工作，也热心参与研学旅行。在市子因食品公司不允许拓展公平贸易而发牢骚时，美野里能感同身受地听她倾诉，可在将近四十岁的现在，自己却做着与这一切无关的事情。

"市子为什么如此执着于公平贸易呢？是像使命一样吗？"

美野里想若无其事地转换话题，就这样问道。

"'使命'可是个不一般的词儿呀！我虽然能明白，

但不喜欢那种说法呀！"市子笑了，然后没要啤酒，而是要了白葡萄酒。美野里也趁机要了一杯。

"柬埔寨产的胡椒特别好吃，你知道吗？参加研学旅行的时候，去过吧？"

"胡椒？"美野里问道。大学时代，她在研学旅行时虽去过柬埔寨，但却对胡椒一无所知。

"柬埔寨产的胡椒真的特别够味儿。因为我以前也不知道，所以非常惊讶。我觉得世界上像这样的好吃的东西一定很多，于是就去各国旅行，发现果真如此，所以才进了食品公司。虽然最初一两年我只是个底层小员工，但我觉得，过不了多久，我就会当上领导，从各国进口好吃的东西。既然要进口，就要同我旅行过的发展中国家的人们进行交易，以合适的价格购买。那样我就能经常去海外旅行，还能交朋友，而且能提升公司的社会形象。可是，我的想法根本行不通啊！所以我就想把公司变成自己的，那样一来我就是领导，也提升了公司形象，还能继续旅行，而且能赚大钱。比起食品，是不是做服装更好啊？感觉非洲服装的色彩简直太棒啦！不过，要是连设计都委托给外边的话，就会远离日本人的审美偏好了吧，所以我就把设计委托给日本的年轻人了。就是这样的过程。"市子依旧像大学时代那样自觉乏味似的说完，接着喝刚送来的白葡萄酒。

"刚才我说的话，留在美野里印象中的是同发展中国家的人们进行公平贸易，对吧？不是想当领导，还想旅行，还想交各国的朋友，想赚大钱……这些话都会被你漫不经心地当作耳旁风吧。既然都是干活儿，就不要被别人驱使，要做与别人不同的事情赚大钱——如果只听到这些话，我觉得就不会说出使命感这样的词。哦，不过，目前各企业搞公平贸易都很普遍，而且很多服饰相关的公司也都不会特意打出公平贸易的招牌来经营产品，所以和别人也没什么不同啦！甚至那些连锁咖啡店也都开始使用公平贸易的产品了。"

美野里意识到，自己确实是一听到发展中国家和公平贸易就会自然而然地将这些与正义和使命联系起来。不过，这似乎也是社会上大多数人的感觉。本来自己在二十多岁时，还不想把志愿者社团与使命这样的关键词相联系。

"可是吧，钱也没能大把大把地赚，还因为过度忙于工作而离了婚。虽然能去海外采购，却意外地不能自由旅行了。全都是不应该发生的事情。"市子噘着嘴说道。

"市子，你知道残奥会吗？"美野里借着微醺的劲头问道。

"我知道，只是没有实际看过比赛。"

美野里概略地讲了刚从书上读到的那位日本医生与东京残奥会的故事。

"我读了那本书，觉得非常不可思议，那个医生本人、家属及周围都没有残障人士，为什么会像办自己的事一样尽心尽力呢？刚才听了市子说的话，我就明白了。"美野里自顾自地点了点头。

"明白什么了？"市子盯着美野里问道。

"哦，我就是这样啊！因为我只为我自己或身边的人努力或拼命，所以才会去想那个人为什么这样……因为我既不想当领导，也不想做与众不同的事，所以才会问市子是不是出于使命感,我现在明白了。"

"那就是说,"市子用手转着葡萄酒杯,眼睛望着空中,"如果美野里有了使命感,就会行动。"

"就是这么回事儿呀!如果是与自己和家人有关的事情,也许会产生使命感,但无关的事情就不会。"

美野里说完这话,心情苦涩地想起过去,自己也的确曾有过被使命感驱动的时期。她后来觉得:所谓使命感,也许就是才能。或许那也未必就是错误的。那位日本医生的使命感应该是其他人所不具备的某种特殊才能;而虽不能按自己的意愿发展,却仍在维持公司的市子也具备某种才能。

"因为和使命感无关,所以你去跟店长讲讲公平贸易的事儿吧!然后,我也要向食品方面拓展业务,那样咱们就能一起工作,而且也许还能去旅行。"

市子说出了这种话,美野里惊讶地望着她。

"啊?怎么?"市子问道。

"不。"美野里笑了,"很久以前我和睦美也谈论过,什么时候能一起带着业务去旅行就好了。我觉得'麦之会'的人们，哦，当然不是全体，有很多人都会有这种考虑吧。"

"我也和睦美谈论过这事儿。"市子说道。美野里感到很意外。

"你看，我曾经四处游荡过，也常和睦美交换意见。在二十岁前后，头脑和感觉都很灵活的时候，大家一起去体验不同于普通观光游览的旅行，接受不同文化的冲击，对其进行深入的思考和讨论，我觉得这种经历非常重要。所以，要不要考虑大家再次一起做点儿什么呀？"

"是啊！"美野里点了点头。她很想再次和宫原玲、睦美带着公司业务一起去旅行，而且真心认为能够实现。

"睦美吧，对我说了些怪话，自己却不笑。她说：'市子，那种对公平贸易不感兴趣的公司，还是辞掉算啦！像那种老土守旧的公司，将来会被远远甩掉！市子可以自己创建独具魅力的公司嘛！'"

"睦美这样跟你说过吗？"美野里再次意外地问道。

"没有。只是我自己感觉像是说过而已。"市子表情认真地回答，美野里笑了。

"因为太相似，所以我当真了。"美野里想起宫原玲好像曾说过同样的话。那是什么时候呢？应该是在很久以前。

"也许睦美真的对我那样讲过。"市子说完，喝干了杯中剩下的葡萄酒，"喝醉了感觉真舒服。偶尔来一次，挺好的啊！'麦之会'畅饮！"市子颇感乏味似的说道。

离开居酒屋，美野里和市子走在通往车站的依然人潮熙攘的街道上。

"对了，我还不知道市子离婚的原因。"美野里边走边说道，她深信是市子主动提出离婚的。

"那当然，我没说过嘛！"市子笑了，"不过，我才刚过四十岁，也许还要结婚呢！"

"啊？难道已经有计划了吗？"

"没有，没有。我的意思是，虽然还没有计划，但从没想过不再结婚。"

市子说完，像仰望夜空似的抬起头来，演戏似的"啊哈哈哈"地笑了起来。

"这回可要办婚礼，得叫上我呀！"

"是啊！人们说办过婚礼才不会离婚。"

"是真的吗，那个？"

"啊哈哈……"市子又笑起来。

"尽管我觉得不该是这样，可事情一旦发展起来就很难停下，往往是因为停不下来，所以得拼命维持运行啊！哪怕没有使命感，没有正义感，没有动机。"市子边笑边说这些话，让美野里忽然感到惶惑不安。

"市子是不是目前工作很累啊？其实想要停下来，却做不到？"

"虽然也有累的时候，但我不想停下来。而且我喜欢这份工作。"市子说道。

美野里松了口气，清晰地想起曾经也和市子这样走过夜路。虽然走过多次，但最先想起的是夏令营结束后抱着大行李走向学生会馆那次。当时市子在和自己谈论某个国家的宗教：如果善待流浪猫狗，来世就能得到更好的人生……，就是这个话题。虽然当时和现在并无多大变化，但美野里非常怀念那段时光，甚至想哭。在那个时候，可以无休无止地认真谈论志愿者活动究竟是好还是不好；在那个时候，可以相信自己也能做出某种成就。

在车站前的大街上，市子拦下一辆出租车，准备回家，美野里乘上拥挤的电车前往新宿。她取出手机，给寿士发信息说现在回家，并像往常那样查看电子邮件，漫不经心地看着网络新闻打发时间。查看了一遍之后，她在搜索框里输入了"公平贸易产品"，出现了比她预料的多得多的产品，有巧克力、调味料、水果、坚果、红茶、咖啡。而且，正如市子所讲，确实有相当多的企业在经营这类产品。

美野里想：如果向山下贤太郎提议，他肯定会说"就这样干吧！"。确实不是出于使命感，而是为了提升形象。果不其然，只要想到贤太郎，事情就变得简单明了了，美野里自顾自地点了点头。以贤太郎那样的野心，应该能够予以理解。

但是，如果提议经营公平贸易产品的话，贤太郎就会顺水推舟地把这个业务交给自己，美野里很轻易就想象到了这个结果。他会让自己去接受培训，然后申领营业执照，并把这方面的贸易业务交给自己。然而，美野里依然不想去做这种事情。新的工作，需要担责的工作，与目前不同的工作，她都不想做。她觉得，与其说是自己不想去做，不如说是自己肯定做不了，这些事情肯定会使自己陷入困境。

美野里想道，就像很久以前市子说的那样，如果有我信奉的神，如果我坚信这样做是正确的，我会行动吗？要更多地参与社会，要放眼全世界，哪怕什么都做不了，也要做点儿什么。如果有谁发出指令，自己明知做不到，也会鼓足勇气，奋起行动吗？虽然这样左思右想，但美野里并没有什么特别信奉的东西，除了使命感和领导力之外，想象不到别的东西。

☺ 外公篇

走出车站，眼前展现出从未见过的景象：站前既没有成排的商店，也没有民居，建筑物残骸覆盖着地面，目之所及全被烧成了废墟。四处黑烟升腾，人们身裹破衣烂衫，若无其事地照常行走。明明没有可以落脚的树木，却不知从哪里传来了蝉鸣。孩子们蹲在地上笑着挖土，那边人群聚集处是在煮粥赈济吗？

我移动着铁制假腿慢慢前行，衬衫很快就被汗水湿透，贴在身上。已经做过那么多练习，却还是疼痛难忍，而且断肢处被捂热后变得潮湿，散发着异味。照这样的速度行走，究竟什么时候才能到家呢？

在太阳完全落下时，我终于走到了家——家的所在地。家已经没有了，一无所有，不，不是一无所有，而是只有家的残骸，家的位置已无从辨认。如果只是因为被夜色遮掩而无从辨认倒也行啊！如果在太阳升起后能看到原来那些家家户户倒也行啊！因为筋疲力尽，我就一边这样想着，一边在那里露宿。

听到蚊子飞的声音，又感到身上发痒，醒来一看，已有三分之一的天空发白。在房屋废墟的远方，出现了烈火燃烧般的橘黄色，随即越来越大。这和在那片连名字都没记住的土地上看到的是同一个太阳。那片土地上的人们也在看这个太阳吗？

虽然太阳已经升起，但原来那些家家户户却没出现。哎，你瞧！要是老想那些多余的事情，就会更加失望。这教训早已是刻骨铭心，却为什么总是做不到呢？

这里曾有自己的家，可如今已不复存在，除此之外不能考虑其他事情。父母也许已经逃离此地，在别处度日，这个也不能想。就因为家和父母现在不在眼前，所以不在。

因为我没死，因为我还活着，所以要度过今天这一天，只能想这个。太阳高照，气温上升，知了在叫，汗流浃背，长裤下发出强烈的异味。

回过神来时，战争已经结束。何其简单，令人直呼这简直是在撒谎。虽然不必重返战场，让人如释重负，可这里也没有安身之所，因此还是不能思考究竟怎样才好。大家都怎么样了呢？还是忍不住会思考这个问题。那个不允许大家思考的老兵呢？从鹿儿岛寄信来的同学呢？还有甚平呢？他们现在身居何处？在干什么呢？

被完全烧毁、夷为平地的城市渐渐挺起身来。我遇到煮粥赈济的，就要些吃的东西；走到有水井处，就讨些水喝；看见地上有烟头，就捡起来，攒多了就把烟丝拆散，重新做成烟卷去卖；再把捡废品的人收来的东西进行分类。先前排列着三四家小吃摊的地块发展迅速，变成了市场。我在市场里有了活儿干，有时会去清洗塞满污物的铁桶，有时会去把来路不明的肉片穿成串儿。我要是能走得更快些，就能干更多的活儿。但这是不可能的事情，所以干活儿不能挑三拣四。

这天，找不到活儿干，我就站在热闹的市场前。我带着接水用的空罐，有位路过的女人"哐啷"地扔进什么东西就走了。我吓了一跳，仔细看看，是钱。

"太太，这是我喝水用的罐……"我把刚要说出的话吞了回去。当时我没有装铁制假腿，因为疼痛难忍又捂得慌，而且干活儿碍事，我就把它放在睡觉的神社背后了。由于天气过热，我把长裤腿卷了起来。那位太太是在施舍我这个失去了一条腿的人，产生这样的想法后，我的脑子就像被烧红的烙铁烙了似的，窜过剧痛和灼烫的感觉，甚至想把那枚硬币扔回去。

但是，等一下！我看了看那枚轻轻的硬币。用它虽然吃不上炸猪排盖饭，但还能吃到豆沙馅鱼形饼；虽然喝不上威士忌，但还能喝到烧酒。我曾潜入敌方阵地偷回食物，可现在为什么要对别人施舍零钱的行为感到火冒三丈呢？

我手中攥着陌生人给的钱，挂着拐杖走在热闹的市场里。煮肉的鲜香令我感到眩晕，扑鼻的酒香令我频咽口水。但是，我不能花这个钱。

我想到要去归还借阅已久的日记。我知道甚平老家的地址，幸亏不算太远，要先乘坐班轮，再换乘列车，当天应该能到。我意识到，自己从战争结束到现在，不，说不定从战争开始之前到现在，这才刚刚想到要做点儿什么。

铁制假腿造成的疼痛已成为我身体的一部分。夏天溽热难耐，截肢处发出连自己都极度反感的恶臭，弄不好还会发炎化脓。但是，在冬末的现在，却不会出汗。我两次换乘列车，接着乘坐公交车，下车后，走在漫长的山路上。

甚平的家是一座小巧玲珑的草顶民居。我在房檐下打招呼，一只狗摇着尾巴出来。接着，一位像是他母亲的女人打开拉门，连滚带爬地出来，看到我后明显露出沮丧的表情。哦，我立刻想到，她以为是甚平回来了，顿时感到深深的歉疚。请原谅，回来的是我；请原谅，回来的不是甚平。

那女人强作笑脸地掩饰自己的沮丧心情，并问我："您是哪位？"我告诉她，自己在训练场上曾和甚平在一起，并对甚平的友善相待表示感谢，然后拿出厚厚的日记本，说："我是来归还这个的。"女人接过日记本，没有打开，抱在了胸前。

甚平的母亲说，虽然接到了阵亡通知书，但因为骨灰罐里没有遗骨，就觉得那孩子可能还活着。我被让到客厅，甚平的母亲和姐姐给我倒茶，并让我看了甚平画的画，写的文章。小学时期、中学时期和上大学之后，有数不清的绘画、散文以及像是与同学合办的同人杂志。甚平用与孩提时代相比丝毫未变的目光观察看到的一切和看不到的一切，并把看到的和看不到的一切原原本本地写出来。这个世界多么广阔，多么温馨，多么安宁！我入迷地看着甚平的目光所捕捉到的世界。

为什么现在是我在这里？我突然想到。

为什么现在是我而不是甚平在这里？只有甚平在这里才是合情合理的、正常的，不是吗？有人在这里盼得望眼欲穿。甚平拥有如此观察世界的目光，拥有把看到的一切和看不到的一切转换为语言和绘画的才能。就连如今的人世间，也在等待甚平的目光，等待着通过他的描写变成永远。

没有任何人在等我，而且我也没有家。我很擅长奔跑和跳跃，只有这方面比得过甚平。但是，我已失去了一条腿，既不能跑，也不能跳。可是，为什么在这里的偏偏是我呢？这只是个表里如一的单纯疑问，我并非在妄自菲薄。

甚平的家人好意留宿，我婉言谢绝，说要回家。明明无家可归，却仍要回家。

我从那天起就站在市场的前面，把空罐放在脚旁，站在不妨碍通行的位置，只是观望眼前展现的情景。光脚的孩子们晃晃悠悠地走过，狗儿抬起一条腿撒尿，堆成山的垃圾被点燃后黑烟滚滚，空中云朵在飘移，白昼里淡淡的月影不久后消失，光膀子的男人们扭在一起打野架，雨滴落在土路上溅起泥水，猫儿摇着尾巴扑向鸟儿，鸟儿飞起后羽毛徐徐落在泥中。日暮时分，我用投进空罐的零钱去找能买到的食物来吃。

在我眼前，市场逐步得到修整和完善，还开辟了通道，划分了区块。

"那个人怎么啦？"我的视野角落里有个小男孩儿，他抬头望着母亲问道。

母亲回答："他是从战场上回来的呀！"

"他失去了一条腿，太可怜了，给他点儿钱吧！妈妈给我钱。"

"不行！"母亲严厉地说道，"他能活着回来就已经不错了，我父亲还没回来呢！"母亲的嗓音中满含愤怒。我只是望着正从泥水中啄食什么东西的麻雀。是的，我能活着回来就已经不错了。可为什么回来的是我而不是你的父亲？我不明白。

第七章　低谷

二〇〇八年

虽然不定期，但美野里仍和宫原玲持续着邮件往来。但是，目前尚未有找到从难民营出走的拉西德和阿萨德的通知。每当心烦意乱时，美野里就会自我劝慰：拉西德应该已经见到哥哥并和哥哥在一起生活了，即便自己当时拒绝他们的请求，他们也会想方设法走出难民营。用手机给他们拍的照片和那次旅行的照片，美野里都没有再找出来看。渐渐地，约旦旅行、走访难民营、在颠簸的出租车上忐忑不安的经历，都仿佛变成了对遥远过去的幻想。

希望增加绘本捐赠的对象，还想去看书展，还想批量采购，还想再参加研学旅行……，从约旦回国之后，先前参与这类活动的热情消失殆尽，已经一去不复返。即使如此，美野里仍积极参与公司内部捐赠附加译文的绘本的活动，还常常思索能否做出其他援助。虽然实际上并不那么容易启动，但思索自己是否还能有所作为，已然形成习惯。

当她下班回家后启动电脑时，意识到自己正期待宫原玲已在某个时刻发来了邮件。以前总是盼望宫原玲的来信，因为她的邮件不是发到手机上，而是发到个人邮箱里，所以回家启动电脑时，美野里甚至会觉得这只是为了查看有没有宫原玲的电子邮件。

不知从何时起，每当她看到收件箱中有宫原玲的名字时，都会心头一惊，继而心情变得沉重，最近甚至都懒得启动电脑了，两三天才打开一次。如果没有宫原玲发来的邮件，就可以把约旦之行本身当成从未发生过的事情。虽然美野里对自己的这种想法十分反感，可她无法控制自己的情绪。

当她看到世界某地发生恐怖袭击或爆炸事件的电视报道时，无论如何都会想起约旦之行。于是，她尽量避开观看新闻节目。所以，关于宫原玲在约旦和伊拉克国境附近被不明身份者监禁的报道，还是通过睦美发来的邮件得知的。从睦美邮件的表述来看，她似乎以为美野里当然知道这条新闻。

美野里在安曼和玲见过面，对吧？她说过还要去伊拉克吗？远藤学长为什么和她在一起呢？你了解什么情况吗？

睦美说的远藤是否指的是翔太呢？美野里对此心存疑惑，随即向睦美回信说自己对该事件一无所知。根据睦美立即回复的内容来看，这一事件在两天前的新闻中就已有报道，宫原玲和远藤翔太于九月二十六日在伊拉克和约旦的国境附近遭到监禁。犯罪团伙的背景尚未被判明，他们也没提出要求或发出声明。有个翻译兼导游的人将此事告诉了其他国家的记者，于是此事才被公众得知。据对当地状况十分了解的记者和学者所讲，由于绑架者没有发表声明，所以有可能不是大规模、有组织的行动。据判断，有可能是民间反美团体或无名绑架集团搞的劫持监禁，但真相尚未被探明。

美野里读了睦美的邮件，感到这肯定是出了某种差错。宫原玲曾说过夏天要回东京，后来虽然在九月再次出国，但目的地应该是约旦，而不是伊拉克。春天见到翔太时，他说夏天可能要为奥运会取材忙活一阵，要去北京一趟。所以，翔太不可能在伊拉克，至于两人在一起的理由，就更说不清了。

美野里反复读过睦美的邮件后，关掉了电邮软件，虽然觉得只要在搜索框里输入宫原玲的名字和监禁等关键词，就会立刻出现相关报道，可她无论如何也做不到。

电视机不开，报纸不看，网络新闻页面也不看，她做到了不接触宫原玲和翔太的相关报道。尽管如此，关于最近诞生的新内阁、进口食品接连发现问题的新闻还是会自然而然地映入眼帘、传入耳中。从在职场工作时听到的人们的对话里，车厢内的周刊杂志广告上，摆在售报亭架子上的报纸的大标题上，她仍有意无意地接收了信息。美野里觉得：只要没有相关信息，就说明宫原玲他们的事不是什么重大事件。她甚至怀有这样的错觉：只要心里想着没读过睦美发来的邮件，就感觉好像什么都没发生一样。

在睦美之后，美野里又收到了呼吁发起签名活动的群发邮件。发起人是曾经归属于"麦之会"社团的几位成员。邮件中说，虽已判明两人被监禁，但详细情况却一直暧昧不清，或是因为政府不作为，或是因为政府了解情况却并未公开。为了解决问题，希望大家立刻行动起来。先要把电邮附件的材料打印出来，尽量征求周围赞同者的签名并寄至"麦之会事务局"，地址是目前作为"麦之会"总部的学生会馆。

美野里接到这封邮件后，没能立即开始行动。为了要求政府早日解救被监禁在遥远异国的朋友，挨个儿地向公司内部的同事和朋友征求签名，这让她感到心情沉重。不，这是根本做不到的事情。不过，没能立即开始行动并不等于对宫原玲和翔太弃之不顾。她对宫原玲和翔太的处境当然非常担忧，比起担忧，不如说是感到恐惧。不知从何时起，她难以将从未感受过的这种恐惧与愤怒区分开来。

玲在干什么？她和翔太一起想干什么？翔太是为了拍摄具有强烈话题性的照片而去了伊拉克吗？是因为我对他说过玲在约旦取材？玲是因为像大学时代那样燃起了对抗翔太的心理而前往危险地带的吗？怎么会做出这种蠢事？由于极度的恐惧感，美野里开始凭着任意的揣测在心中怒骂那两人。

但是，实际上在完成签名征集之前，宫原玲和翔太已被释放。那条新闻在九月三十日的深夜播出，美野里依然不是在电视节目和网络新闻中看到，而是从频繁的群发邮件中得知的。

实施监禁的犯罪团伙未能被查明，被释放的二人仍在安曼市内，预定近期回国。

宫原玲和翔太不是在伊拉克和约旦边境附近被劫为人质，而只是被扣上间谍的嫌疑而遭到监禁，这是在两人回国后才搞清楚的。

刚进入十月，两人就已回国，这件事美野里也是通过网络新闻得知的。她当即给官原玲发了邮件，但没有接到回信。虽然签名活动有头无尾地结束了，但群发邮件却仍在持续。每当出现新信息，就会有群内交流，美野里照例从那些交流中得知官原玲和翔太的动向。

据说，翔太单独在记者俱乐部举行了见面会，对直到获释为止发生的状况进行了说明，厘清自己并非被劫为人质，而是被怀疑为间谍。估计监禁他们的不是极端分子或反政府组织，而是当地志愿者组成的巡逻队之类的，这好像是翔太自己讲的。当地教派对立愈加深刻，还有针对美军和多国部队的抵抗势力，治安严重恶化。在这种状况中，既有通过伪装成极端组织劫持并监禁外国人来敲诈钱财的普通人，也有各地域自建的警备团体，还有只是想针对那些参与战争的外国人施加报复的人们。由于自己携带多台相机和摄像机，被扣上了间谍嫌疑，但能检查的数据经过检查并被认为无害后，已经得到了返还，最后被告知"你要向全世界报道我们现在的艰苦处境",就被释放了。翔太讲完这些后还说,今后要在充分了解当地状况后继续进行取材。

美野里并未实际观看翔太的记者见面会,仅从群发邮件的交流中想象出了翔太讲话的语调,再次品味到了由恐惧转化的愤怒。但是,即使她稳定情绪后考虑自己是对什么感到愤怒,却也并不十分清楚。于是,她把这种愤怒当作颠倒的担忧。

在翔太举行记者见面会数日之后,某资讯节目中,评论员对被释放的两名日本人进行了指责。美野里还是从群发邮件的交流中了解到了这件事。

那位评论员说,"自称"记者的傻瓜情侣游山玩水,进入危险地带,还提到了翔太的记者见面会,说翔太在自我感觉良好地吹嘘自己是勇士。几位群发邮件交流的中心人物则怒批那位评论员,说其心怀恶意,歪曲事实,操纵舆论导向。但是,美野里她们的学长却写道:"人家那样看也是无可厚非的事。而且对象是那个翔太和宫原玲!"由于出现了这种与此前截然不同的论调,非常令人泄气,此后群发邮件很快就偃旗息鼓了。

与此成反比，网络上对宫原玲和翔太的指责却愈演愈烈。尽管群发邮件中已没有相关交流，但美野里却从他处了解到了这一点。例如，以前常常浏览的旅行作家的博文中突然对此有所涉及："此前也发生过两个日本人被监禁的事件……"在评论网站的标题中，还出现了"'自称'记者的正义感和伊拉克的现状"。因此，美野里看到这种信息的机会有所增加。虽然她对此次事件本身也予以回避，但即使这样不特意去查询，也会被动地看到关于翔太他们的评论。这使她不能不加以关注，于是在网络上分别用两人的姓名进行了搜索。

在美野里搜索到的文化人的专栏和博文、普通人的博文和留言板上，从条理清晰的文章到肮脏的谩骂，有相当多的攻击性评论。她浏览这些文章后发现，似乎大多数人都对那两人没受到任何侵害就平安归来感到强烈的愤怒。翔太虽然也有作为自己业务窗口的正式博客，但可能因为诽谤中伤的评论如潮水般涌来，他已经关闭了。而以宫原玲的姓名搜索后发现，她似乎并未像翔太那样成为攻击目标,显示的结果大都是图书信息、演讲记录、网络杂志报道。美野里进一步搜索,发现宫原玲在网络杂志和新闻网站中都做过超乎自己想象的非凡工作。美野里想:翔太之所以成为众矢之的,受到激烈攻击,恐怕是因为只有他举行了记者见面会。

美野里想联系宫原玲,却一直连邮件都无法发出。宫原玲刚刚回国,恐怕惊魂未定——虽然美野里这样自我辩解,但其实连她自己都不清楚该怎样看待宫原玲。或许只有她还不知道玲和翔太可能是恋人关系,也许他俩是公私兼顾地去取材。她对做出这种想象的自己感到羞耻,而且觉得也许本来就不该把宫原玲在约旦的事情告诉翔太。

就在她困惑犹豫之际,已来到了十一月。在她发邮件之前,却先收到了宫原玲的邮件。宫原玲在邮件中说她此前一直住在酒店式公寓,好不容易找到了"鳗鱼寝床"般的狭长住所,年内都会在那里扎扎实实地忙工作,目前没有出国计划,所以如果有空,可以一起吃个饭。在"鳗鱼寝床"后画着括号,写着"哎?应该是'兔子寝床'"。如此漫不经心的措辞让美野里感到很扫兴。

十一月的第二个星期六,美野里约好和宫原玲见面。她本来还想邀请睦美,但最终作罢。因为宫原玲说她还有和别人的约会,美野里便顺从她,在青山区的咖啡馆里会面了。宫原玲比约定时间迟到了五分钟,反复说着"抱歉"。她没有点饮品,而是笑着说:"咱们一起去看街边的银杏树吧!虽然快过最佳观赏期了,但还很是漂亮呢!"她说话的语气就像上周刚见过面,但时隔半年多再次见面,她明显瘦了许多,看上去疲惫不堪。她像是不愿被美野里看出来一样,撒欢儿似的匆匆前行。

向前步行五分钟就看到了银杏树,虽然有些树的叶片已经凋落,但仍有不少树上还残留着金黄色的叶片。尽管最佳观赏期已过,但银杏大道上依然游人如织,有的行人停下脚步拍照,有的情侣并排站立着自拍。

"情侣挺多的呢!"宫原玲说道,"咱俩虽然不是情侣,但难得来一趟,也拍个合照吧,美野里!"宫原玲以银杏树为背景站好并向美野里招手。

"你说话的语气这么轻松,就像上周也一起喝过酒,简直不像最近才遭过大难的人啊!"美野里说着站在宫原玲身边,宫原玲伸直胳膊用手机自拍。

"抱歉,抱歉!不过,这照片确实太漂亮了!"宫原玲笑着说道。

太阳徐徐沉向楼宇对面,天空变换为橙黄、淡红、蓝紫混杂的色彩。宫原玲仰望天空,伫立片刻。

"果然有些冷啦!去吃点儿什么热东西吧!"宫原玲向美野里笑着说道。

紧临银杏大道的餐馆全都爆满,好不容易找到一家还有位置的,被店员领到了空座。窗边座位和露台座位都已被占满,虽然被领到了最里边,但能找到空座,美野里就已经谢天谢地了。宫原玲坐下后,点了热葡萄酒,美野里也照样行事。在打开菜谱之前,宫原玲就说:"首先向你道歉,我没能找到拉西德他们。他们后来也没回难民营,目前仍不知在哪里。我还询问了在安曼市内申办难民证的人们,但没有相关消息。抱歉。也许是找不到了。"

"哪里,这不是需要你道歉的事情。本来应该是我道歉才对。"美野里不由自主地说道。这虽然在意料之中,但她还是伤心难过。在城市里生活的伊拉克人,相互之间会有某种联系吧,不可能无人知晓单腿截肢男孩的情况。即便如此,也得不到任何消息,那就实在找不到了。美野里不愿继续往下想,就开了口。

"这个先不说,翔太怎么会和你一起去伊拉克?他是去为你要出的书拍照片吗?"

宫原玲从桌面探过身来。

"哎,我要生气了,我们可不是什么情侣。"宫原玲郑重其事地说道。

"我没有那个意思嘛!只是问为什么。"

"就因为网络上写着什么傻瓜情侣,好像跟真事儿似的,所以把我气得够呛。"宫原玲噘起嘴,盯着菜谱。虽然她生气完全可以理解,但宫原玲一开口就说出那种话,美野里觉得答非所问。

"那种事儿不是没那么重要吗?"美野里不禁说道。

店员过来问点什么菜，美野里和宫原玲各自把视线投在菜谱上。美野里点了菜汤和烤猪肉，宫原玲点了意面和沙拉。

"翔太自己在巴格达办他的业务，我们只是见了个面而已。"等店员离开后，宫原玲开始讲述。

宫原玲三月在安曼和美野里会面后继续取材，在六月回到了东京。由于除了自己的工作之外还有几家媒体的委托，所以她就去和对方协商并研讨照片和文稿的相关事宜。她在对方介绍的网络杂志上看到了翔太的名字，那是关于奥运会前的北京的报道。她说自己和翔太是朋友，网络杂志负责人对此惊讶不已，随即安排了聚餐。宫原玲时隔多日见到翔太，各自讲述了近况。宫原玲在七月底返回约旦，进入九月时，翔太向她发来邮件，说因为接到去伊拉克取材的工作，所以计划前往伊拉克。

宫原玲原先是以难民为中心进行取材，现在开始追踪采访儿童兵。不仅是在叙利亚和土耳其，还雇用翻译兼导游的人，在治安相对较好的状况下进入伊拉克，在巴格达顺利地和翔太取得联系并会面。翔太没雇用导游，而是独自取材，当宫原玲说要和翻译兼导游的人从陆路回安曼时，他便说要一起去。然后，他们在进入约旦前，被扣上了间谍嫌疑，遭到了监禁。他们被监禁的地点像是一座废弃工厂，虽然时刻有人监视，但还供应餐食，所以没受过虐待。他相机里的内容全被检查过，不知以什么为尺度，被删除了几张照片。在第三天，来了一个会说英语的人，让他们说明来伊拉克的理由和取材的目的。他们反复解释自己站在伊拉克人一方，要向世界传达美国和多国部队对伊拉克的非人道罪行。他俩倒也没指望这样说能起作用，但是到了第三天，就被释放了。约旦方面有大使馆的人和协调释放的团体派人来迎接，并同他们一起返回安曼，而后又立即回国。

饭菜在宫原玲讲述之间已端上桌，但美野里一直在听，并没有开始吃。

宫原玲讲到这里，开始吃意面，美野里也终于拿起餐刀和餐叉。热葡萄酒早已凉透，店员给她们的杯中加了水后离开了。

"我和你在安曼见面时,其实还没找到自己取材的方向。偶尔有朋友……就是当时那个小西先生,因为他在联合国儿童基金会,所以我只是首先想到去那里看看。只要到了那里,对方就会委托我帮忙,而且网络杂志方面的工作很多,就优先去做了。"

宫原玲边吃意面边讲,美野里默默地听着。

"过了不久,我就听说有些孩子当了儿童兵。当我听你说难民营的孩子失踪时,突然想到他们会不会……,就是因为刚刚听说了儿童兵的情况。我与你约定去帮忙找那两个离开难民营的孩子,就向住在安曼的伊拉克居民社区的人打听,结果没找到,果然还是提到了儿童兵。我采访了与难民营取材时不同的组织和相关人员,想多了解情况。所谓儿童兵,是指年龄不满十八岁的娃娃兵,我去伊拉克就是为了对这方面进行取材。那里有一项活动——解救儿童兵。如果他们已被洗脑,就进行心理疏导,帮助其回归家庭和社会。我还去那个活动据点进行了采访。"

"也就是说,"美野里禁不住发声,"如果不去寻找拉西德他们,玲就不会去伊拉克,也就不会被监禁了吗?"

美野里不知该怎样理解才好,以至于发出了可怜巴巴的声音。

她在得知官原玲和翔太被监禁的消息时,心想:这两人在干什么?怎么会做出这种傻事?当新闻评论员贬损他俩的时候,当有位学长在群发邮件中写道"人家那样看也是无可厚非的事"的时候,美野里还没有那种自我感觉。但是现在,她想:自己当时是不是感觉特爽,就像学长在替自己发泄不满情绪一样?

其实这是否等于自己"不愿意被那样指责"呢?打着正义的幌子把两个孩子带出难民营,却不愿意被人指责"这是在干什么?简直太愚蠢了!自我感觉良好地吹嘘勇士传奇"。所以,为了转化自己的失态,就想和舆情站在一起指责官原玲和翔太?但是,如果官原玲遭到监禁的根本原因是要去寻找失踪的拉西德他们,那么所有的谩骂就都会反弹到自己身上。

此前自己竭力回避新闻报道，不就是因为明白这一点吗？自己一直没能给宫原玲发邮件，不就是因为害怕这一点吗？这次没邀约睦美，不就是因为不愿让睦美知道自己做了什么吗？

"不是那么回事儿嘛！"宫原玲这样一说，让美野里回过神来，"我去伊拉克取材，虽然也想到要是能查到你寻找的那两个孩子的行踪就好了，但又觉得不可能发生那种奇迹般的偶然。"

"可是，就因为那两个孩子从难民营出走，玲才会对儿童兵感兴趣吧？"

美野里虽然意识到自己是想让玲说出"不是，这不怪你"这句话，所以才会如此执拗地重复，但还是忍不住这样问。

"哦，美野里想问的是，寻找失踪的孩子与我取材的目标变化是否有关？"

美野里对宫原玲点了点头。

店员撤下空盘，放下甜品单后离开了。宫原玲展开甜品单。

"我要法式烤布蕾和咖啡,美野里呢?"宫原玲把甜品单递给美野里,问道。

两人点的甜品送来后,宫原玲边吃边讲述。

"连我自己都觉得耳不忍闻,所以不太想说。但是,对美野里我得坦诚相告。我是因为有小西先生……,就是联合国儿童基金会那个人啊!因为有他在,就想了解一下难民营建立的过程,连自己都不清楚想写什么,就待在约旦啦!我听说有的孩子当了兵,就忽然想起……哎,就是我在土耳其的朋友,那个库尔德人男孩儿,他也曾说过类似的话,说自己长大后,也不会拒绝当兵打仗。当时我就想到,也许那孩子真的去伊拉克当了兵。因为他亲身体验到被歧视的滋味,而且对库尔德语被禁用表示了强烈愤怒。于是,我就想去见见那些要当兵的孩子们。更坦率地讲,我为找到了想要采访的目标而感到如释重负。"

美野里默默地听宫原玲讲述,渐渐从此前压抑的心情中解脱出来。宫原玲没觉察到美野里的情绪变化,继续讲述。

"有人指责我们是傻瓜情侣、游山玩水,网络上有无数的诽谤谩骂,这些我也都知道。我们并没打算游山玩水,而且切实地完成了很多工作。本来我们就不是去游山玩水的情侣,不过,尽管想当记者,却不明白该写什么,所以'自称记者'这一点是真的。我就是因为受到那种指责,感到非常气愤。"

宫原玲扭曲着面孔,低下头。本以为她会哭,可她却把视线转向自己眼前的甜品盘。

"怎么感觉吃得停不下来,简直好吃得令人惊讶。"宫原玲表情认真地说道。

"你说什么呢?"美野里笑着说道,但其实她很想哭。此前压抑的心情突然得到释放,并非因为得知宫原玲被监禁与寻找拉西德无关,而是发现宫原玲似乎也和自己同样浮浅。但是,这并不等于自己做过的事情可以归零。

"你还要去吗,取材?"

两人走出店外,漫步在灯光照亮的银杏树下,美野里向宫原玲问道。

"因为我好不容易才下定决心的，所以还是要去啊！"

"拉西德他们不用找了。我自己做了傻事儿，已经无法挽回啦！我承认。"美野里嘟囔道，"玲既然找到了想写的题材，那就去追踪报道好啦！没有什么耳不忍闻的，我也不会认为你是游山玩水，只希望你不要再遇险。"

"我也不想遇险。"宫原玲没精打采地说道。这次的事情令她父母怒火冲天，叫她滚出家门，所以她只能先住在酒店式公寓里，到处去找房子，她边朝车站走边像自觉滑稽似的说道。

"虽然那里像鳗鱼寝床般狭窄，但你想来玩就来吧！把睦美也叫上。不过……，能不能坐得下三个人，还不知道。"

"那就站着喝酒呗！搞一场忘年会或新年会吧，在玲下次去取材之前？"

"站立式酒会，好啊！就这样定啦！"宫原玲笑了，美野里也笑了，两人在车站挥手告别。美野里觉得，到下次加上睦美三人聚会时，就能像很久以前那样毫无顾虑地畅所欲言了。虽然自己做的那件事不会归零，宫原玲遭到监禁和猛烈攻击的事也不会归零。但是，尽管有过这些经历，大家还是能为无聊的琐事开怀大笑。

我见到玲啦！她比我先前想象的精神状态好。咱们三人今年年内或明年年初聚一聚吧！

新的一周开始了，美野里给睦美发了邮件。那天晚上，睦美没有回复邮件，而是打来了电话。应睦美的询问，美野里简略地讲述了宫原玲的情况。

"各方面的攻击那么猛烈，我先前担心得不得了。不过，她精神状态好就行。我本想发邮件，可担心她太忙，就放下了。能从美野里这儿得到消息，太好了。"睦美说道。电话中隐约听到那边的电视机声和餐具磕碰声，美野里以为是睦美的恋人在她家，就想早些挂断电话，正在琢磨怎么解释。

"哎，美野里去过印度吧？"睦美问道。

"嗯，去年。不过是跟团旅游。"

"我这回也要去。我现在可以赴外考察了，今年去过孟加拉国和老挝，这回是印度。因为是第一次，所以挺紧张的。"睦美笑道。

"你很久以前就说过想去外国考察吧？真好啊，愿望实现了！有很多人去了那里会闹肚子，所以你最好带上肠胃药。"

"我会买来准备好。美野里，捐赠附译文的日本绘本，印度也是对象国吗？"睦美问道。

美野里回答"是"，睦美听后嗓音明快地继续说道："我们公司还有在小学建图书馆的活动呢！这回咱们一起去吧！美野里把绘本带来！这回虽然是以考察流浪儿童为主，但还计划去考察需要图书馆的小学。"

今后自己大概不会再以援助为目的去旅行了，公司也不可能有那类出差安排，所以估计没有那种机会了。美野里虽然这样想，却仍回答说："是啊！要是能做到就好啦！"

"可是，你不害怕吗？"美野里接着问道。

"害怕？"睦美反问道。

"玲他们前不久刚刚碰到那种倒霉事儿嘛！"美野里说道。

"你要是这样说，如今全世界哪儿都很可怕呢！"睦美笑道。

"睦美是心怀使命感在做现在的工作吗？"美野里忍不住这样问道。上次和翔太聊天的事，她现在还经常回想起来。虽然不清楚自己想做什么，但还是想了解某些事情，想写某些事情，这对宫原玲来说应该是近似使命感的愿望。遭到舆情攻击的翔太也必定会出于使命感而再次出行。既然如此，睦美虽然嘴上说全世界哪儿都可怕，却还要去考察流浪儿童，也是受到使命感的驱动吗？

"怎么啦，突然端出这么酷的词儿来？'使命感'，那么吃香吗？我就是这种反应。"睦美笑了笑，沉默片刻，"咱们不是有过'文殊智慧三人组'之旅吗？就是去尼泊尔那次。特别愉快，甚至如今依然常常忆起，说不定我只是因为想去做那种旅行。现在的工作单位虽然与海外交流很多，但因为价值观不同，所以在工作不顺利时就会想：坏了，选择职业失败，要是能停留在'文殊智慧三人组'的假日旅行就好了。"

听到睦美的笑声，美野里感到豁然开朗。对了，自己也是这样，热衷于参加研学旅行，只是因为忘不了那时的旅行，就因为自己觉得不能到此为止，才会竭力采用"与其类似"的说法——"应该能为某些人做些事情""希望采用某种方式连接双方的生活"。仅此而已吧。

"睦美，"美野里嘟囔道，"我感觉和你这样一聊，心里轻松了许多。那次旅行确实非常愉快啊！我也不会忘记。"

"嗯，所以我们再次一起旅行吧！带着绘本，让玲帮我们公司的会刊取材。不用委托远藤拍照片，因为那个人不是'文殊智慧三人组'的。"

"当然。"美野里说道，挂断电话前又说，"谢谢。"

睦美像是有些难为情地说："美野里，今天感觉不爽。"她说完就笑了。

美野里觉得那样就挺好，那次的'文殊智慧三人组'不知为何真的非常愉快，所以才会希望再续与那次同样的旅行，哪怕"仅此而已"也行，没有使命感，没有由使命感支撑的才能也行。自己虽曾想过今后不会继续参与任何研学旅行和援助活动，但正像睦美说的那样，只要三人在一起，就还想去那不知名的远方，见见那些陌生人。

自己所属的公司向有业务往来的国家寄送贴有译文的绘本，那么如果自费，能不能往想援助的国家直接邮寄？将来也许还能同隶属于非政府组织广宣部的睦美以及常去海外取材的宫原玲以业务形式实现当初那种旅行，美野里产生了这样的想法。虽然约旦之行留下的懊悔尚未从心中彻底消失，但她已很少神经质地回避报纸上和电视上的新闻了。

但是，以业务或休假的形式同睦美、宫原玲再次三人行，已经永远不可能了。因为，睦美去印度旅行后，再也没回来。

在二〇〇九年三月底，美野里辞掉了工作，但仍继续保留了所居住的公寓的合约，回了一趟老家。虽然刚从约旦回来时也无心做任何事情，可那时却无法与现在相比。早上起来梳妆打扮，乘坐通勤电车去公司向大家问早安，这些都已无法做到。十二月和一月好不容易硬撑过来了，但进入二月后她就连起床都非常困难了，上班迟到次数增加。进入三月，美野里用光了带薪休假，在公寓中宅居到三月底。

肚子饿了，去哪里吃点儿东西吧。她心里想着去便利店买东西，就出了门，可刚来到大街上，却忘了要做什么。哦，对了，吃东西，肚子饿了。即使想起这些，她也会考虑：吃东西这件事有意义吗？

以这种状态继续过下去会出问题，美野里自己也在某处意识到了这一点。于是，她决定回老家暂住一到两个星期。

美野里在飞机着陆时想起，自己恰好在十年前欢呼雀跃地乘上飞机——我要从这座城市出去喽！自己根本想象不到十年后居然会这样回来。她立刻改变想法：

不，不，我并没有决定回归家乡，而是要休息几天再次离开，返回东京。

在这十年间，黄金周自不必说，就连盂兰盆节和年底她都很少回乡。因此，听到美野里说"我辞职了，要在这边住一阵子"时，父母和舅舅舅妈在她到达后的几天内，都像对待肿包似的小心翼翼，既没问她突然返乡的原因，也没问她辞职的理由。美野里吃完母亲准备的饭菜，就坐在没有别人的起居室里，不开电视机，也不听音乐。

但是，住了一周之后，母亲像是难以抑制焦躁情绪似的命令美野里："哎，你别天天闲着啦！或者来店里帮忙，或者把家务都揽下，麻利点儿。"

美野里暂时决定去蓬莱屋干活儿，从上午十点到下午关门。虽然她不会烹调，但仍有很多事情要做。例如补充自取菜品、炸面衣屑、葱丝和姜末，把餐具回收处的碗碟放进洗碗机，放不下的就用手洗，然后擦拭空餐桌，清理店外吸烟处的烟灰碟，清扫店外周围。

美野里这时才知道，只要运动身体，大脑就不会再考虑多余的事情。所以，当"双职工"家庭的嫂子由利委托她去接上保育园的小陆时，她也爽快地接受并和由利一起去办理了监护人登记手续。

蓬莱屋大概在四点钟关门，然后美野里会清扫整理店内，五点多去小陆的保育园接他。由教会运营的保育园在繁华区域的旁边，从蓬莱屋步行二十分钟左右即可到达。如果天气晴朗，美野里就和快到四岁的小陆去海边或公园散步。如果母亲或舅妈委托她购物，美野里就带着小陆去超市，然后回娘家。由利七点钟左右结束工作后，会开着小型车来接小陆回到自家公寓。

虽然美野里先前打算在娘家最多住两个星期，可是当适应了这种生活节奏，心情逐渐安定下来后，反倒惧怕返回东京的公寓了。所以，过了两个星期之后，美野里仍继续待在老家。尽管宫原玲有时会发来邮件，但美野里也不回信，就那样一直拖着。

临近游客增多的黄金周，美野里也和其他打工的青年一样早上七点就去蓬莱屋，清扫店内外并帮着搬运食材。

克宏的长子嘉树七点钟以前就开始采购进货，七点多，容子和珠美来到店里，开始淘米和制作煮菜、油炸菜，然后由克宏来完成乌冬面的制作。随着微微发白的店内被朝阳映得越来越亮堂，烹调操作的响声和交谈声也越来越热闹。外婆在八点钟前后出现，如果在店外行列中发现熟人，就聊起天来，如果没有熟人，就在店内帮忙干活儿。

从美野里小时候起，蓬莱屋的临时工就都是大学生或复读生，而现在同美野里一起干活儿的青年们也是那么年轻，而且连擦窗户都一丝不苟，非常认真。如此一来，年龄最大的美野里更不能敷衍了事了。她清扫地板，把桌椅的角角落落仔细擦净，把厨房的空隙处擦亮。到八点钟开店时，美野里就和他们一齐高喊"欢迎光临"。

在读大学生的打工时间是七点到十点，有时会干到十一点回家，其他临时工在十一点钟来换班。美野里从下午一点钟开始休息一小时，或是回到自家吃午饭，或是就在店内要些油炸菜和豆皮寿司，然后坐在店外的长凳上吃。清美虽然不是每天都来，但有时也会坐在店前摆放的长凳上，或观望排队的顾客，或看看报纸，或无所事事地晒太阳。由于这种情景早已司空见惯，所以美野里和其他家人都不会去问清美在做什么。

这一天，美野里想去外边吃午饭，就走出蓬莱屋，看见清美坐在长凳上。

"外公，午饭吃过了？"美野里问道，清美摇摇头说没有。

"那我去买点儿什么吧？还是去哪里吃？"

"汉堡包。"清美嘟囔道。

"啊？想吃汉堡包？那我去买。在哪儿买都行吧？"

看到清美点了头，美野里就骑着蓬莱屋专用的自行车去了离家最近的快餐店。

美野里买了两份含有奶酪汉堡包、炸薯条和可乐的套餐回来，坐在长凳上，把买来的东西放在清美和自己之间。清美说了句"谢谢啦"，就捏起炸薯条。

蓬莱屋门口有七个人在排队，看样子像是游客，但因为刚刚过了顾客爆满的黄金周，所以看上去人少得可怜。天空万里无云，湿度也不太大，正是令人心旷神怡的季节。

"在东京也一起吃过饭呢！"美野里边吃汉堡包边说道，"哦，我现在回来住，外公自己能去东京见朋友吗？公寓还留着，外公可以用。"

清美什么都没说，一时只有咀嚼食物的声音。在美野里吃完汉堡包时，清美终于漫不经心地说："太远啦！"

"是太远啦！"美野里点了点头，继续吃炸薯条，"太远啦，东京！"

美野里此时感到格外宁静。虽然从座无虚席的店内传来顾客们热闹的说话声和餐具的碰撞声，甚至能听到容子和珠美的谈笑声，但美野里却感到和清美并排坐着的空间格外宁静。她感到鼻腔深处突然泛起一阵剧烈的酸楚，眼里顿时充满了泪水。她扭转身体不让清美看到，用快餐店员装在纸袋中的大把纸巾擦脸，吸溜鼻涕。

去年十一月下旬，睦美和一位同事前往印度。睦美就职的非政府组织即将启动以流浪儿童为对象的援助项目，她们将和在瓦拉纳西市的非政府组织工作人员举行会议，并去现场确认当前状况，这是第一目的。接下来的工作内容就是顺便考察预定建图书馆的两所小学。睦美计划以六天的出差日程再加自己的休假时间，在那里逗留两个星期。据说，她结束全部工作后在瓦拉纳西市与同事分别，她还告诉同事，虽然返程买了从德里出发的机票，但因为难得来一趟，就想去印度的乡下看看。

十一月二十八日的下午两点多，比时刻表延误近一小时的从瓦拉纳西市出发的列车发生脱轨事故，包括一名日本人在内的三十七人死亡，超过百人受伤。

在日本的新闻中，没有报道关于列车脱轨事故和乘坐该趟列车的日本人的情况。同一时期，在孟买也发生了大规模的恐怖袭击事件，日本关于印度的新闻报道总是千篇一律。

在列车事故中丧生的日本人就是甲斐睦美。美野里得知消息是在十一月底，是通过与翔太和宫原玲风波时同样的群发邮件得知的。睦美的父母去认领了遗体，返回自家是在十二月一日，并确定了在四日举行葬礼。由于睦美的手机未被收回，于是先由她的亲属、恋人以及公司的人们向各方面的熟人发出通知。睦美的恋人知道"麦之会"，就联系了在读生中的社团成员，向美野里她们这一届转达了通知。

美野里收到这条通知，一时不明白发生了什么事情，就被官原玲拉着去参加了葬礼。睦美的娘家在名叫盐灶的城市，葬礼就在该市的典礼大厅举行。但是，自己怎么去的那里，又是怎么回来的，美野里返回东京时已记不清了。葬礼还有"麦之会"的人们参加，但具体是谁也已印象模糊。大家都哭了，美野里内心的混乱大于悲伤，甚至哭不出来。寒风吹得脸上生疼，美野里觉得像是受到什么人怒斥，而受到怒斥，就像遭到痛击一般。

美野里只记得那寒风吹在脸上生疼，还有向大家致谢的那个像是睦美的恋人。她难以忘记，那是个高个子、戴着眼镜、很文静的人，感觉气质和睦美相近，他脸色苍白，但没有流泪。

后来听说，同行的那位同事也不知道睦美为什么会乘坐那趟列车。是因为要去的那座城市周围有很多佛教圣地要去巡访呢，还是那天分别时睦美说的"印度的乡下"指的是东部呢？同事推测，因为睦美非常热心于工作，所以也许是打算去走访印度东部的孤儿院和教育机构。

为什么是睦美呢？为什么不是自己，而必须是睦美呢？美野里回到东京后多次考虑这个问题。因为自己并未乘坐发生事故的列车，所以这样问未免滑稽可笑。但是，为什么那样热情高涨且才华横溢的女孩不得不辞世而去，而无所作为的自己却还在这里？美野里一醒过神来就会考虑这个问题。

即便如此，日子依然一天天过去，美野里早上起来后去公司上班，傍晚下班回家，肚子饿了就去吃饭。睦美在那次访问时假装哭泣的样子，怪腔怪调地表演即兴编排的纸画剧的样子，郑重其事地说憨言憨语时的语调，打电话时的声音……，美野里虽然边回忆边纠结于为什么不是自己而是睦美,但好歹还能度过每一天。

宫原玲有时会打来电话或发来邮件,就只是简短地问候一下"你还好吧",似乎并没有什么特殊的事情。美野里虽然想到自己去盐灶市时可能状态很不正常,但还是故作爽朗地说:"我很好呀,腊月里实在太忙啦!"她觉得那些总是传达令人厌恶的消息的群发邮件太不吉利,就按倒序全部删除了。

在参加完葬礼后的年末,美野里上网搜索了那个听起来很陌生的印度城市的位置。那座城市是前往佛教圣地的入口,也是离尼泊尔最近的铁路车站所在地。美野里推测:睦美可能是想利用休假去尼泊尔。上次和她通电话时,美野里提到了尼泊尔,因为那时睦美没打算去那里,所以应该是她突然产生了要去的念头。不,也许她是故意不说,想等回国后让大家为之惊讶,如果在近七年前不邀请睦美一起去尼泊尔,这次的惨剧就……,美野里禁不住这样想。她虽然对自己的这种推断逻辑感到异常,但依然无法消除这种想法。

美野里突然想到了辞职。曾经的热情早已消失殆尽，与此相比，她更难以原谅错以为在做某种有意义的事情的自己。而且，同睦美一起带着贴有译文的绘本走访印度的图书馆，这一天也永远不会到来了。

难以置信的事件频发的可憎的一年结束了，美野里没有回乡，独自一人在东京迎来了新年。她在正月假日里曾应官原玲邀约一起去喝酒，但因为聊天时兴致不高，很快就散了。

年初第一天上班，美野里告知上司自己想辞职，于是确定工作到三月底。此时美野里尚未考虑回乡之事，只是想先休整一段时间，再决定做什么。当派遣职员也行，临时工也行，总之要做不产生"在做有意义的事情"的错觉的工作。

早上起床时非常痛苦，已不是精神痛苦了，而是身体痛苦。自己怕是不行了，美野里产生这种想法，是在刚刚看到翔太拍摄的照片之后。为什么呢？在当时和返回家乡的现在，美野里都不明白这是什么原因。

在相机制造商主办的摄影奖中，远藤翔太获得了报道部的最优秀奖。翔太本人发来了获奖通知邮件，美野里即由此得知。虽然收信人写的是美野里，但可能因为是同时群发，所以采用了事务性的文体：

兹定于一月中旬到下旬，在银座的画廊举办本人全部获奖作品的展览，敬请光临。

美野里本想邀约宫原玲，但最终还是作罢，在休息日里独自一人前往银座。

美野里预料，这次展出的可能是此前和翔太在新宿一起喝酒时提到的缅甸示威游行的照片，或者是他在伊拉克拍摄的照片。但是，当她站在翔太的照片前时，却发现完全出乎自己的预想，几乎当场瘫坐在地上。

那是一张年龄还很小的孩子的照片，十岁左右。他满面笑容，坐在堆积的纸箱上，用一只手拉开深灰色的上衣，肚子上缠着像是用破布做的围腰。但一看就知道不是围腰，因为那上面缝缀的布兜里装着爆炸装置。虽然不知是哪种构造的装置，但明显能看出那是爆炸物。

美野里立时产生了错觉,仿佛自己不是在看照片,而是直接与那孩子面对面。她顿时感到毛骨悚然,为了不瘫坐在地上,她抓住身边的立柱。她无法继续停留,还没看其他照片就离开了现场。

那孩子既不是拉西德,也不是阿萨德,是从未见过、与己丝毫无关的遥远异国的儿童。所以,究竟是什么击垮了自己,美野里想不明白,还没想明白就感到浑身无力,而且一直浑身无力,没有恢复。啊,我快不行了!她凭直觉明白了这一点。虽然尚不清楚那张照片中的什么成了契机,但此前所隐忍的一切犹如怒涛般汹涌而来。我不行了,坚持不下去了,再也不能像以前那样了。

在正式辞职之后,美野里决定返回家乡。

"我,今后该怎么办呢?"美野里把汉堡包的包装纸揉成一团,说道。清美什么都没说。

"在蓬莱屋干活儿吧!我说着玩儿的啦!"美野里笑了笑。

要是不想去了解世界就好了,就算是了解了,自己也无能为力。要是一直待在这里，要是不从这里出去的话，就既不用担心玲的安危，也不会失去睦美，更不会看到那种照片。即使听到同一所大学出身的两个日本人在异国遭到监禁的电视新闻，心里也只会想：真有那种傻人呢！而且也不会知晓遥远异国的列车事故吧。即使看到儿童兵的照片，也不会多想，很快就忘掉了吧。如果什么都不知道，如果什么都不想知道……

"什么都不做，也行。"过了一阵，清美开了口。美野里盯着手掌上揉成一团的包装纸，听着他的声音。

"坐在这里看着天空，白云飘向远方。看着店前排的长队，看着长队渐渐缩短。不管我看什么，对方都在看我。也许对方会想：真是个悠闲的家伙呢！也许对方会想：他怎么还活着呢？"清美很罕见地连着说了这么多话。

清美就是怀着那种心情坐在这里的吗？美野里现在才明白过来，他坐在这里只是看着白云飘过，看着顾客排着长队向前移动。因为清美从未提及过战争的话题，所以很容易忘掉。但是，清美年轻时去过战场，后来以失去一条腿的代价生还。就算沉重和深刻的程度会有所不同，但也许在生还之后的某个时期，他也会突然感到浑身乏力，也许一直都没恢复过来，现在也没恢复过来。

在得知睦美因列车事故遇难之后，美野里曾多次考虑过：为什么离世的不是自己，而是睦美呢？因为自己并未同乘那趟列车，所以这种考虑既不合逻辑，也很幼稚，这一点她当然明白。可她的疑问并非如此，自己已对工作和志愿者活动都失去了热情，可以说是百无一用。而睦美不仅工作能力强，热情高涨，而且有很多想做的事情。为什么偏偏是这个即将大有作为的人离世，这才是她的强烈疑问。如果真有神仙或上帝，为什么故意选择了那般才智超群的人呢？对于美野里来说，睦美离世所带来的丧失感不仅仅是失落，不仅仅是悲伤，不仅仅是惋惜，而是更为巨大的损失。

美野里冲动地想到，要把未能理清的思绪向坐在身旁的清美倾诉。清美应该会理解自己，他大概也曾有过这样的思绪。但正因如此，美野里才更难启齿。如果说清美能理解自己，那必定是因为他曾有过自己所难以相比的、无法梳理而悲惨的体验。不难想象，正因曾经有过那种体验，清美才会对此避而不谈。

"那，我就和外公一起坐在这儿吧？"美野里打趣地说完就笑了。

"就这样，这样就好。"清美表情认真地点点头，然后用手背擦擦沾在嘴角的番茄汁。

"可是，如果那样的话，外公来东京时就没地方住啦！"

美野里这样补充道，是因为她根本无法卜定返乡的决心。清美又沉默了一阵儿，忽然像发笑似的长舒一口气，然后小声嘟囔道："那种事儿就算了吧！算了吧！只是看看就行了。"

"美野里，你在东京的房子怎么着啦？租给别人了吗？"在美野里返乡后近两个月时，母亲珠美焦躁不安地问道。

虽然今年比往年早些进入了梅雨季，但下雨并不多，最近一直持续着闷热的阴天。

这天是父亲多田彰的生日，哥哥启辅和嫂子由利，加上小陆，晚上一起去附近的寿司居酒屋聚餐。他们被领到日式包间，大人们用啤酒干杯，随后各自点餐。

父母和此时不在场的舅舅舅妈都没直接问过美野里回乡的原因，他们似乎都已觉察到美野里遇到什么不顺利的事了。但是听母亲的语气，好像什么都不问的话实在难以忍耐。父亲明明听到了母亲的问话，却置若罔闻，给自己和由利的酒盅里斟上酒。哥哥启辅似乎原本就不感兴趣，只顾招呼小陆吃饭。只有由利低头翻眼，交替地看着母亲和美野里。

"房子没租出去。因为我过几天就回东京，所以照原样保留着呢。"美野里说完就捏起生鱼片。

"过几天？你这都住了多少天了？房租不是都白瞎啦？东京的房租多贵呀！听说，这边大学生住的那种相当奢侈的一居室公寓的房租，在东京只能租个车位。"

"我租的公寓是旧公寓房，没那么贵。"

"哦，不过，美野里待在这里给我帮了大忙。你瞧，前些天，小陆发烧时就是麻烦她去接的。谢谢啦！"

"我是骑士！你给我记住！"刚才还在埋头吃什么的小陆站起来喊道。

"好！"多田彰拍手喝彩。

"哎，小陆，你坐下，别只顾吃鸡皮，多吃点儿蔬菜。启辅，把鸡皮挪到这边。"

"就算公寓没多贵，不住也是浪费。你要是确定回这边，就把房子退了吧！"珠美说道。

"我还没确定回不回来。因为工作太忙太累，我就是想回来休息休息。"美野里说道。

"是啊，一直忙得连正月里都回不来呢！"由利顺着美野里说道。

"是不是捅什么篓子啦？"启辅忽然抬头问道。

"'什么篓子'是什么？"美野里问道。

"像挪用公款啦，怎么说呢，就是那种在东京待不下去的……"

因为启辅说得严肃认真，美野里非常惊讶。

"我要是做出那种事，警察不是早就追到这边来了吗？我自己也不会往老家跑吧？"

"点寿司吧？"多田彰一说，启辅摁了点菜铃按钮。像蓬莱屋临时工那样的年轻男孩儿来问点什么餐，多田彰指着菜单，珠美探身点饮品。空盘被撤掉，追加的餐品端上桌。店内似乎非常热闹，顾客们的谈笑声传进包房。

"对了，美野里，在东京开一家蓬莱屋分店怎么样？"多田彰像突然想起似的问道，"嘉树上次说过什么吧？"

"嘉树问在东京开分店怎么样，大家都觉得根本办不到，笑着没搭茬儿。我倒觉得挺合适，哥哥身体还很好，嘉树也是刚过三十岁想独立，去东京打拼一下也不错。美野里，你在店里帮忙时，对各方面要领都已经熟悉，和嘉树一起去东京发展怎么样？"珠美热心地说道，似乎意外认真地在考虑这件事。

"东京净是黑汤乌冬面吧。说不定咱们的能行呢！"启辅说道。

"嗯，挺好嘛！要是真朝那方面发展的话，小陆的事儿不用你操心。"由利说道。

小陆一听提到自己的名字，就站起来又喊了一声："我是骑士！你给我记住！"

"吵死了！"由利一提醒，他更来劲了。

"你给我记住！我是便便侠！"小陆满面笑容地高声叫道。

"哎！小陆，吃饭的时候不能说那个。"珠美提醒道。

"不好意思，好像保育园里流行那个呢！"由利刻不容缓地用一只手捂住小陆的嘴。

"对了，和你一起上小学的那个英惠，生了双胞胎，美野里你知道吗？前几天散步时，和她妈妈偶尔碰到了呢！你和小唯已经没联系了吗？那会儿听说她要在夏威夷举行婚礼呢！"珠美捏起寿司，转换了话题。

"英惠同学倒是还记得，小唯同学是哪个来着？"

高中时期的闺蜜周子、南美、小遥三人在刚毕业那段时间还相互联系，后来就渐渐疏远了。两年前，南美在大阪举行了婚礼，当时美野里等三人也去参加了，那是她们最后一次相聚。南美今年年初生了个女孩，在发邮件祝贺后，也断了联系。至于母亲说到的英惠，虽然名字还记得，却只能模糊地想起她的面容。

美野里听母亲的语气像是要说"你也该……"，转向催婚的话题，就做好了心理准备，可实际并非如此。

"最近，这边二十多岁生孩子，也算早的了吧？"由利问道。

"嗯，因为年轻时体力好嘛！"珠美点头说道。

"妈妈，妈妈，我要吃三文鱼。"

"可是，小陆，这桌上的三文鱼不都是你吃了吗？"

"行啦，行啦！想吃什么就吃什么呗！再要些吧！小陆，你能吃几个呀？"

"嗯……那就要这么多。"小陆把双手做出"石头剪刀布"中"布"的手势，众人开心大笑。

美野里边给由利和启辅的酒盅里斟酒边想：如果自己说决定回乡，父母会接受吧。如果自己正式开始在蓬莱屋工作，父母和舅舅舅妈都会欣然接纳自己吧。从早上开始做体力劳动，下午早早打烊，去接小陆，重复这样的日子对她来说轻松自在，因为什么都不必考虑。

而且，比这更轻松的是，因为这里的所有人，包括父母和亲戚们，去接小陆见到的那些家长们，左邻右舍的熟人们，母亲提到的甚至连长相都想不起来的小学同学们，还有铭刻在关于这座城市的回忆里的高中同学南美、周子和小遥，他们每个人都不知道。他们都不知道宫原玲和翔太在取材现场被监禁的事情，遭到舆情非正当攻击被污蔑为傻瓜游客的事情，做出堪称傻瓜游客冒险行动的不是他们而是自己的事情，还有翔太拍照片的事情，去从事援助流浪儿童活动的睦美遭遇列车事故遇难的事情，他们全都一无所知。世界上有些地方的人们因家园被炸毁而只能背井离乡的事情，有些孩子在身上绑满炸弹还面带微笑的事情，他们也都一无所知。一无所知就不会有任何负担，因为他们自己每天的生活也很艰辛。

置身于对自己的事情一无所知的人们中间，美野里心情放松得连自己都感到惊讶，感觉世界上从未发生过任何事情。不,她确信实际上存在着从未发生任何事情的另一个世界。

不愿对任何事情一无所知,对哪怕一无所知也无妨度过的每一天感到郁闷。不,换句话说,想了解更多的未知,想体验未曾在这里发生的事情,自己为此而意气风发地走出这座城市,然而……一不小心,十八岁的自己就会在心里出现并说出这种话。美野里连反驳的气力都没有,只觉得对不起十八岁的自己。

留下父亲结账,美野里等人陆续走出店外。刚才还撒欢玩闹的小陆忐忑不安地问道:"是晚上?啊,这么黑,是晚上?"

"这孩子胆儿小,就害怕黑的地方啊!"由利笑道。

"能回家吗?这么黑,能回家吗?"小陆抱住由利的腿,反复问道。

父亲从店里出来,大家齐声说"谢谢款待",然后挥挥手,各自踏上归途。

宫原玲来到蓬莱屋是在七月下旬。往年若在此时早已出梅，可现在还没发布通告，阴沉闷热的天气依旧持续着。

进入暑假旺季之后，即使增加了临时工，蓬莱屋依然忙得连歇口气的空闲都没有。那天，美野里也是错过了午饭，忙到了快下午三点钟，店外排长队的人终于只剩个位数，客流也变得缓慢下来。美野里在厨房里洗碗碟，忽然想起似的觉得肚子饿了，这时听到有人在呼唤自己的名字。她环视厨房，只见大家都在埋头干自己的活儿，这才发现好像是站在柜台对面的顾客在叫自己，就一边继续让流水冲刷餐具，一边朝那边望去。

那位笑着挥手的年轻女子明显是一位游客。美野里心想：游客怎么知道自己的名字？于是迷惑不解地凝视着那个面孔。

"哦，是玲啊！"美野里嘟囔道。那个女子终于和自己印象中熟悉的面孔重叠。

她关上水龙头，边擦手边走近宫原玲。

"你正忙着呢！抱歉！"宫原玲笑着说道。

"怎么来这儿了？有什么业务？"美野里问道。

"啊？不是啦！我来看你。这里的活儿你还得忙一阵吧？"

"哦，快完了……"说到这里，美野里确认店外还有三人排队，"我可以撤了吗？"美野里回头不知向谁大声问道。

"噢！你辛苦了。"克宏舅舅答道。

"我还没洗完餐具，洗完就没事儿了。你去外边等等我吧。哦，乌冬面吃了吗？"

"嗯，简直太好吃了，这是我吃过的最棒的乌冬面了。"宫原玲说着竖起拇指，然后走出店外。

店内几个人异口同声地说："谢谢光临！"

美野里望着宫原玲钻过门帘的背影，觉得她像个素不相识的陌生人。见到宫原玲明明是件令人高兴的事，可美野里却心想：毕竟不存在从未发生任何事的另一个世界。

美野里来到门外，只见清美和宫原玲并排坐在长凳上。宫原玲不知坐在旁边的老人是美野里的外公，回过头来望着蓬莱屋的店内。

"让你久等了，玲！这是我外公。外公，她是我的大学同学，姓宫原。她说咱家的乌冬面是她吃过的最棒的乌冬面。"

美野里站在两人面前，介绍双方。

"啊？哦，初次见面。"宫原玲站起来鞠躬。

"噢，你好！"清美依然坐着，抬起右手，纵向挥了几下。

"我俩去喝杯茶。"美野里对清美说道。

"去有店的地方还得走一会儿呢！"美野里招呼了一下，就迈步前行。

阴沉的天空下，美野里和宫原玲走在熟悉的国道边，完全没有现实感。

"你看我们这儿是乡下，挺惊讶吧？"美野里不知该从哪里说起，就这样问道。

"完全不像乡下。电车也有，公交车也有，拱廊街也很热闹，而且没有稻田什么的。"

"没有稻田……"美野里感到宫原玲的想法很有趣，就笑了。蝉鸣阵阵，往来交错的汽车仿佛不愿服输一般，发出轰鸣声。

"我坐今天上午的航班来的，其实在十一点多的时候已经来过了，看到排了那么长的队，'啊'地吓了一跳。美野里家的店人气好旺呀！我有点儿害怕，就去拱廊街散步了，错开时间，过来看到人少，就排了队。"

"我家的店？其实是我舅舅的店。不，原先是我外婆的……不过，这事儿都无所谓了。"美野里低头笑了，"那，玲是来吃乌冬面的吗？"

"你家的乌冬面的确值得专程来吃。"宫原玲表情认真地说道，"不过倒也不是因为那个，我出新书了，想亲手交给你。"她又补充道。

美野里坐在渡轮码头附近的长凳上，接过宫原玲递来的书。书名是《这个战场就是我的家》，好像和上一本一样，是面向少儿的读物，出版社也和上一本的相同。封面是一个脚踩足球、微笑着的少年的照片，背景是半毁状态的建筑物，上方展现出清澄的蓝天。美野里发现，自己对那少年手上没有枪和炸弹深感宽慰。

虽然不像翔太拍的照片那样具有残酷的强烈冲击力，却留下了某种失衡的印象。清澄的蓝天，被炸了个半毁的建筑物，少年的笑容，他裤腿下的赤脚和足球——这些景物看上去是一种不太搭调的组合，但正因如此，才更加引人注目。

可是，美野里接过书后，却无法将它打开。虽然不可能发生，但她还是觉得一打开书，就会出现拄着拐杖的拉西德。因此她没打开书，而是反复地读着腰封上的文字："为什么你不得不去打仗？在伊拉克遭监禁仍坚持取材的作者所看到的儿童兵的身影。"

"哦，那个吧，"宫原玲发现美野里盯着腰封，"其实就是为了吸引读者嘛！尽管我做过多次说明，可编辑硬是想加上'被抓为人质'。我多次解释，那样与事实不符，涉嫌欺诈，最后才改成了这样。嗯，那阵儿的舆论攻击确实很猛烈，所以现在看到腰封，当然会有人想起：'啊，就是那个傻瓜。'"

宫原玲不无自嘲地说道，美野里不知该如何回应，只好沉默。

"如果不这样吸引读者的眼球，就没人拿起这本书，一想到这个，我就深受打击。可这就是现实，无可奈何啊！哪怕我个人遭到蔑视，被人当成傻瓜，但只要这本书有人看，我就心满意足了。这是真心话。"

美野里听着宫原玲的声音，把心一横，打开了书。可她并没有阅读，而是快速地翻页。

"照片这回不是翔太拍的。"

书中只有前面几页是彩色照片，其他都是黑白照片。而且，照片比上次的《学校是什么样的地方？》要少。

"嗯……"爱饶舌的宫原玲忽然支支吾吾起来。"我倒是想过，如果采用翔太拍的照片，真有可能因为'这是那对傻瓜情侣的书'而更加吸引眼球，虽然这样想过……你知道今年年初翔太获得摄影奖的事儿吧？"

美野里点了点头。宫原玲从她在去年秋季和美野里会面之后开始讲起。

去年九月，正像美野里也知道的那样，他俩被以间谍嫌疑监禁在伊拉克和约旦的国境附近。但是，在那次报道之后，包括媒体在内的一部分人以讹传讹地散布他们是被极端组织劫为人质，流言由此广为扩散。有的说，两人都能在短期内毫发无损地获释，是因为日本政府支付了巨额赎金；有的说，是因为日本政府接受了极端组织提出的交换条件，将被收容在日本出入境管理设施中的极端组织同伙认定为难民……煞有介事的流言四处传播，在相信流言的人们来看，这两个日本人就是"给政府和国民造成巨大困扰的游客"。

"不仅如此，还有很多心怀强烈正义感的人，那些人也认为我们不可饶恕。说世界上明明有真的被杀害、被劫持未归的记者，可这两个傻瓜被拘禁后却既没受到拷问，也没挨饿吃苦，甚至丝毫不显疲惫和消瘦地回国了，竟说还要出去取材。不能饶恕！"宫原玲自嘲似的继续讲述。

这阵风波过后，大众很快就会忘掉毫无名气的两人。不过，翔太考虑要把那些舆论攻击活用于自己的阅历之中。在这阵风波尚未平息之际，要把自己作为摄影记者的名字推向前沿。各种摄影作品奖他都要应征，为新闻网站采写报道并提供照片，还策划编辑自己的摄影作品集并向各出版社推荐。他刚知道宫原玲的新书已预定出版，就开始协商计划，好像宫原玲当然会采用自己拍摄的照片一样。他精神振奋，觉得如果曾被监禁的两人合著，新书绝对会成为热门话题。

"我总觉得他那种居高临下的态度挺讨厌的。而且，翔太拍的照片是不是有种'特殊的孩子们'的感觉？那幅获奖的照片，也让人感到是非常遥远的世界的悲剧。虽然我曾聚焦于儿童兵进行取材，可我越听那些孩子们说的话，越觉得他们不是特殊的孩子。如果我被夺走了家人和房子，这时出现了非常和善的大人说：'我们一起战斗吧！'我肯定会拿起枪来。这并不是什么特殊的事情，谁都会极为自然地去那样做，可翔太却不这样想。罪恶是一个方面，正义是另一个方面。发动战争的大人是罪恶的，让孩子带着那样的笑容去死的战争是罪恶的——如此下结论是因为战争发生在遥远的国家，与自己无关。像那样对自己的所谓正义毫不怀疑的态度，令人羡慕。"

宫原玲面朝海面，侃侃而谈。美野里感到那次在青山区银杏大道漫步已是遥远过去的事情，甚至想不起具体是在什么时候。她隐约觉察到，那是由于宫原玲的说话语气所导致的。比起以前那个表示不知自己想写什么和终于找到想写方向的宫原玲，此时坐在身旁的宫原玲完全充满自信，给人以堂堂正正之感。宫原玲忽然闭口不语，从放在身旁的大提兜里取出一个资料袋，并从其中取出几本薄薄的杂志。最上面的那本封面图片是在长桌上打开笔记本写字的孩子们，写的是大大的"翼之信"，旁边是"新闻信"。美野里从未见过，推测可能是睦美工作过的非政府组织的会刊。

"这是睦美……"宫原玲说的果然与美野里推测的一样，"睦美写的报道。我求他们把登有她的文章的这几期会刊转让给我。真的堪称杰作，你读读看。"

宫原玲向美野里递来那几本会刊，可美野里却无法伸手去接，现在她没有自信在这里阅读睦美的文章。宫原玲似乎体谅美野里的心情，没有把会刊硬塞给美野里，而是放在自己膝头抚摸着会刊的封面。

"其实我也曾在一瞬间考虑过呢，和翔太联名出书的事。如果是'那对傻瓜情侣'出的书，会有很多人为了加以驳斥而拿在手中吧。而且出版方也想采用翔太拍的照片呢！因为他拍的照片冲击力强，主题鲜明。当时我已灰心丧气，觉得坚持自己的想法恐怕已无多大意义了。"

宫原玲依然把视线投向海面，继续讲述。

"就在那时，我有机会与睦美工作的团体接触，求他们把这几本会刊转让给我。那次睦美不是说过想去考察吗？虽然会刊登载了她去考察时写的报道，但读过之后却有一种被打脸的感觉。哦……，睦美不会做那种粗暴的事情，可我有点儿受打击，觉得真是那么回事儿。失学儿童，被迫当童工的孩子，无家可归的孩子，没有父母的孩子，全世界的贫困儿童和贫民，懦弱而可怜的、与我不同的遥远世界的人们——我发现自己任性地怀有这种印象。因食物匮乏而吃不上饭的孩子虽然苦于饥饿，但并不懦弱。可是，如果那孩子说：'我肚子饿了，畜生！混蛋！'我们就会大为惊讶，觉得他说话怎么那样粗鲁。所以我有时会想，他应该说：'我肚子饿了,请帮帮我。'认为与我们处在不同的世界里的弱势群体就该安于贫弱——这就是我看到翔太拍摄的照片时产生的违和感。深信那些孩子就该是与我们不同的遥远世界的人。"

宫原玲自顾自地继续讲述,但美野里不太明白。是像多年以前自己在印度的孤儿院里被少女们围住要钱时的那种惊慌失措的感觉吗?自己确信在充满善意之处应该洋溢着笑容,但却被辜负,就是这种感觉吗?美野里没有插嘴,只是静静地听宫原玲讲述。

"睦美让我进一步认识到,那些作为采访对象的并不是遥远世界的孩子们。那些当儿童兵的孩子们,也不是与我们完全不同的可怜孩子。就连我们,如果出生的地点和出生的时代变了,或许也会遭遇相似的命运。我必须从这个角度考虑问题,不能认为正义是一个方面。如果自己生存在这里会怎样?就算不懂政治,不懂教派对立,我也必须从这个角度考虑问题。但正因为不懂才不能无视,正因为不懂才要在迷惘中写作。这样就好。"

美野里切实地感到，宫原玲比起以前吃法式烤布蕾时已经大踏步地向前迈进了。同时感到只有自己还在这里，不，还在以前的阶段止步不前。

虽然天气闷热，但偶尔会有聊以慰藉似的微风吹过。

"美野里决定返回家乡了吗？"宫原玲看到美野里沉默不语，就关心地问道，随即把会刊收进资料袋。

不，不，不是那样，美野里想说却发不出声来。她把视线从宫原玲拿着的资料袋转向海面，想起在去东京上大学前，曾和闺蜜在这一带散步，聊过港湾再开发的话题。美野里走出这座城市后，工程正式启动，当她下次回来时，海港面目已焕然一新。美野里觉得就像置身于近未来，对这里的新景象还有陌生的感觉。

"翔太拍的照片，"美野里嘟囔道，"我看到那张照片后，不知为什么对很多事情都感到厌恶了。我觉得自己应该能做点儿什么，就去了印度和约旦，把两个男孩从难民营带到城市，我希望玲能找到那两个男孩，后来又想到你俩会不会死掉，还有你俩遭到舆论攻击的事情，明明毫无关联，却把睦美的事儿也掺和进来。我对一切都感到厌恶，什么都不想做，简直要虚脱了。"

美野里说到这里，停下稍加思索，继续说道："我觉得我是想看到一个纯净的世界。"说完这句话，她现在终于发现确实如此。

确实如此。由于过于幼稚、过于不成熟而羞愧不已，所以连自己都不能承认。然而，确实如此。

"我是想确信世界是个纯净的空间，但现实并非如此。由于现实过于沉重，虽然不是说翔太不好，但我在看到那张照片时，感觉像是被人断言：'世界不像你所想象的那样纯净。做什么梦呢？'我的虚脱感可能就是由此产生的吧。虽然自己说出这话简直像傻瓜。"

"没有像傻瓜。"宫原玲像是在重复美野里说的话，"我也是这样的嘛！我也是一考虑自己为什么要去采访别人，就觉得这是因为我希望会有一个看不到残酷景象的世界呢！"

"可是呢，玲做到什么了呢？把世界变纯净了吗？"美野里情绪激昂地问道，"就算这个世界是残酷的地方，但也许还有与此不同的境界。然而，就算玲找到了那种境界，这个世界也不会变得纯净。玲听到了儿童兵的情况，那玲能让那几个孩子回到自己的家吗？没有自己的家，这些孩子能回到哪儿去呢？而且，因为你俩被监禁，我就觉得世界毕竟是可怕的地方。人质也罢，间谍嫌疑也罢，两种情况都一样，都叫我害怕得要吐。攻击你俩的社会太不正常啦！不过，谁都没有委托你俩，没有委托你俩去那种可能遇险的地方。可你们却去了没人委托过的地方，叫大家担心得要死。虽然我说过难以赞同翔太的野心，但我对玲也只能一样不赞同。本来玲并不清楚自己想做什么，不还是依靠朋友轻率地去了约旦吗？关于儿童兵，不也是以前从未考虑过的事儿吗？"

虽然美野里觉得自己并非真心要说这种话，但还是尽情挥洒心中所想。世界并非如己所愿是一片净土，就算对玲这样发火也毫无意义。不过，宫原玲和翔太都用照片和文章向读者传达，世界是个丑陋而龌龊的地方，是个不断发生惨不忍睹的事件的地方，可那又能怎样呢？就算提醒生活在遥远异国的我们注意到，有很多孩子不能去学校上学，被迫当了儿童兵，可那又能怎样呢？而且，当了儿童兵的孩子们也并非是为了宫原玲的自我实现而去那样做的。

宫原玲一直凝视着美野里，在美野里沉默时才开了口。

"极为纯净的东西与极为可怕的东西相连接，我看到翔太拍的照片就曾这样想过。这种纯净的心境本身就是极为可怕的武器。一心一意做祈祷的虔诚感情，会变成想把别人杀死的憎恨之心，两者相互联系，密不可分，看到那张照片我才意识到这一点。"

"所以呢？意识到这一点就能救助照片上的那个孩子吗？"美野里进一步追问道。

"我虽无法救助那个孩子，但我并不想以此为由设想那个孩子从最初就不存在，也不想以此为由设想世界是个纯净的地方。那个孩子就在那里，曾经那样笑容满面地存在过。我虽然不喜欢翔太拍的那张照片，但它具有传播的效力。虽然它因此而伤到了美野里。"

"伤到我了吗？"美野里嘟囔道。

"当那次被监禁在废弃房屋般的工厂里时，我真的想到会被杀死。虽然没受到拷问，但也没有保证能得到解救。我明明不是那种冒死追踪报道战争的记者，却以轻率的理由来到这里。我是多么傻呀！而且偏偏可能会和翔太一起死掉……，我异常冷静地考虑着这些。所以呢，当我听到关于睦美的报道时，就想：为什么我能回来而睦美却没能回来？为什么我还活着？"宫原玲突然说出这句话。

"为什么不是我，而是睦美呢？"美野里在心中嘟囔着自己也曾想到过的这句话。

"为什么让我回来却不让睦美回来呢?！哦，这倒不是说我死了才好，怎么说呢……"

"我也这样想过。"美野里在心里赞同道。为什么偏偏是干劲儿十足、才华横溢的那个女孩儿必须离去呢？就算抬出从未信奉过的神明来考虑，也会产生同样的疑问吧。

"不过，那谁该离去才是正确答案呢？我在看到翔太拍的照片时曾这样想过。这孩子离去就是正确答案吗？天真地相信能去往神明所在之地而满心欢喜的这个孩子离去是正确答案？这不也是错的吗？我搞不明白，所以才在与美野里不同的意义上，也像对那张照片着魔了似的一直在思考。"宫原玲说到这里停下来，眯起眼睛望着海面。那边像是小学生和父母的一家三口，正在朝渡轮码头跑去。孩子戴的麦秆草帽轻轻飞起，父亲追过去一把抓住草帽，全家人发出爽朗的笑声。

"于是吧，"宫原玲开口说道，"睦美对我说：'玲，比起那种事儿，还是先想法儿解决你的'自称'吧！只要能独当一面地不被别人批评你'自称'，不管以轻率的理由去哪里、做什么，任何人都无法对你说三道四。所以，你要先解决'自称'，然后再堂堂正正地迷惘去吧！'"

听宫原玲这样说，美野里心头一惊地看着她。玲是不是想得过多，在看着睦美的幻影说话？

"我感觉就像受到了睦美这样的批评。"宫原玲说着，小声笑了笑。

"因为语气很像,所以我以为睦美真的那样说过。"美野里说道。

"嗯,也许真是这样,也许睦美出现真的是要说这个。因为睦美的说话声还留在我的耳中嘛。"宫原玲的表情很认真,"我虽并未因此而释怀,但还是觉得可以放下了。就算惨不忍睹的我救助不了谁,那也是无可奈何的事情啦!但我必须继续思考下去,不可以装出毫不迷惘的样子。所以呢,我要做出优异成绩,得到认可,不让别人说:'明明没人委托你去,你干什么呀?'如果能做到,我尽量不让别人担心。"

"抱歉!"美野里说道。自己刚才说"谁都没有委托你俩"确实有些过分,宫原玲可能会听成"你明明是在'自称'"。而且,自己说出这种话,肯定是对先行一步的宫原玲心怀嫉妒,美野里没有理由不承认这一点。

"我虽然不希望玲再去危险的地方,但也不能让你哪儿都别去。我会为你鼓劲儿加油!不过呢,如果去了什么地方,可真的要回来。这个你要许诺!"

宫原玲站起来伸了个大大的懒腰。

"那个……那本书里虽然没写美野里要找的孩子和我的库尔德人朋友，但在我采访过的孩子们中，有的退出了军队，还有的回到了学校。你读过那本书后，要是能感到那些我们已经见不到的孩子今天就在某处生活着，我会非常高兴……话虽这样说，如果你觉得强人所难，就请谅解。"宫原玲说完就要把资料袋装回大提兜。

"如果可以，借我看看。虽然我也许现在还读不了玲的新书和睦美写的报道，但总会有一天要读，肯定要读。"美野里伸出一只手。宫原玲看看美野里，然后把资料袋递给她。美野里看了看时间，该去接小陆了。

"玲现在怎么办？要去哪儿吗？"

"那是渡轮码头吧？要是有时间合适的渡轮，我就去哪座岛上看看吧。"

美野里对宫原玲居然毫无计划而感到惊讶不已，她笑了笑，想起了一件事。

"这么说来，我和睦美通电话时提到过还想三人一起去旅行。"美野里原原本本地说了出来。

"我也想去,还想组成'文殊智慧三人组'去旅行。"宫原玲注视着海面嘟囔道。她的语调显得心里没底而幼稚,与刚才强调自己的主张时判若两人。

美野里和宫原玲告别,手提装有会刊和宫原玲新书的资料袋、钱夹和装手机的手包,前往小陆的保育园。虽然离接孩子的时间还有些早,但也就是三十分钟左右,所以她想没必要联系,就慢慢前行着。刚才能向宫原玲畅所欲言,使她感到心情爽快,而信口乱说纯属发泄的话又带来些许难堪,两种情绪互不相容地在心中卷起旋涡。

美野里边走边想,也许就像再无可能组成"文殊智慧三人组"去旅行一样,说不定从此再也见不到宫原玲了。虽然刚才既没有吵架争执,也没有剑拔弩张,可她仍感到两人各自所处的空间已相隔甚远。刚才那般情绪热烈地诉说的宫原玲就坐在自己身旁,却给自己留下了一个远望她走在前方的背影的印象。而且,今后自己依旧会停留在原地,而宫原玲会继续向前迈进,差距也会越拉越大吧。美野里极为自然地想到，在差距拉大之后，下次该怎样见面，该聊些什么呢？

小陆所在的保育园和作为运营机构的教会在同一个院子里，正在玩耍的孩子们那清脆的笑声和偶尔响起的歌声从数十米外传过来。院子由石墙围绕，教会的入口就在登上石阶的位置。保育园的入口在石阶右边，近旁有个装着玻璃窗的告示栏，上面每天都会用漂亮的字体写出不同的语句。因为那都来自美野里不太明白其含义的《圣经》语录，所以她经过时从不会去读。但是，这一天，她在视野角落里瞥见了曾经见过的词句，就在告示栏前停下了脚步。

告示栏里写着："依靠一颗麦粒，我们今天得以生存。"旁边还用小字补充说明引用的《圣经》语录：一颗麦粒若未落地就死去，那它仍只是一颗麦粒；而若落地死去，就会结出丰硕的果实。

美野里想起，"麦之会"的名称就是来自这句话。她没读过《圣经》，现在仍不明白其中含义。但是，也许因为刚刚与宫原玲见过面，所以她觉得今天告示栏里写出这样的语句似乎具有某种含义,仿佛在向现在的自己诉说什么。不过即便如此,她仍不明白那是什么。美野里从告示栏移开视线,站在保育园入口的栅栏前。正在院子里和小伙伴们玩耍的小陆看到美野里,恶作剧似的笑着说了声"哦,便便侠",就朝这边跑了过来。

二〇一九年

在迪拜举行的世界残疾人田径锦标赛中,持丸凉花在跳高项目比赛中获得第二名,拿到直通东京残奥会决赛的名额。最先看到这个结果的是寿士,从赛事开始后,他就一直在残运田径联盟的网站上查看。美野里还听寿士说,在运动会即将结束时,发布了各个项目的比赛结果和参赛选手们的感言。

"那个叫凉花的获得了银牌,拿到直通名额啦!"

晚饭后,在餐桌上操作电脑的寿士告诉美野里。

"啊?真的?"正在看电视的美野里从寿士肩头上方瞅着电脑。

先前由于天气太热，疲惫不堪，我曾有些退缩，但这次参赛跳出了个人最好成绩，我非常高兴，拿到直通名额时，真的心情激动。不过我也想过，这次比赛以个人最好成绩才拿到第二名，到了东京残奥会上，夺金恐怕有点儿困难，所以必须进一步增强实力。我的目标是成为日本跳高界的马库斯·雷姆，虽然我不会制作"刀锋假肢"。

美野里读着像是从采访中摘编的感言，想起只见过一面的凉花那口无遮拦、毫无顾忌的语调，嘴角浮起笑意。

"马库斯·雷姆是谁呀？"美野里嘟囔道。

寿士把这个名字输入搜索框，最先出现的是题为"保持世界最远纪录，奇迹般的刀锋跳将"的报道，美野里和寿士快速浏览后，异口同声地发出惊叹。

"啊？这么厉害！"

马库斯·雷姆是德国现役田径选手，二〇一四年在德国国内的田径比赛中，技压所有健全选手，获得第一名并保持纪录。这位保持残奥会田径跳远世界纪录的选手，在十四岁时右腿自膝下截肢，目前除了作为选手活跃在赛场上，还作为假肢装配师在研发跳远专用的运动假肢。

美野里和寿士一边同时嘟囔着"太厉害了，太厉害了"，一边浏览报道。

"那个凉花宣布：要在跳高项目上，超过健全人的纪录。"寿士说道。

"哦，我得告诉小陆。"美野里离开餐桌，用手机给小陆发信息。

真的？棒极啦！那就确定明年去东京了吧？

小陆立刻发来回信，紧接着是猩猩蹦跳的表情。

"小陆满怀希望要来看残奥会呢！也许又得让他住这儿了。哦，不过我外公也要来，还是住酒店合适吧，酒店各方面都方便嘛！"

"明年五月要在新装修的国立竞技场举行田径运动会呢！如果我没有新的业务项目的话，也去看看吧！"操作电脑的寿士说道。

"嗯，去吧！我也想去。"美野里也说道。

美野里想起在九月份回娘家时看到的残运选手集训的场面，想必初次观赛的寿士也会惊讶不已、目不转睛地观看呢！

这个周末，小陆发信息告诉美野里凉花给清美来信了，可能是凉花回国后立即写了信吧。他说想看看来信，清美就少见地同意了。

小陆说，原先想拍照片发过来，后来又觉得对本人不好，就作罢了。那封信中写了很多遍：第一次获得残奥会参赛资格，非常高兴，非常高兴，非常高兴。信中还说她能坚持竞技运动多亏了曾外公，能告知他这样的喜讯，非常高兴。也许刷新纪录很难，但既然说了很难，那就是很难，所以才要冲击目标，还要争夺金牌，在媒体采访的镜头前咬金牌。

曾外公还笑着说："是吗？咬金牌吗？"

"'多亏了曾外公'是怎么回事儿？你曾外公明明从来不回信嘛！"美野里向小陆发信息问道。过了片刻，小陆回了个漫画角色耸肩膀的表情。

美野里结束了在山下亭的工作，在通往最近的车站的商业街上买了简单的家常预制菜后回到公寓。寿士昨天说过，他因为有预定的电影试映活动，会晚些回家。美野里从信箱里取出早上忘记取的早报、晚报和邮件，然后乘上电梯。

她进屋后还穿着大衣就开始查看邮件，先把快讯商品广告挑出来扔掉，然后才脱掉大衣，洗手后打开暖气，再把买来的食材盛在盘子里，从冰箱里取出罐装啤酒，坐在餐桌旁。

她开始翻阅早报，在翻到国际形势版面时，大吃一惊地停下手来。这是一篇以"失去腿脚的青年，假肢的缺乏"为题撰写的有关巴勒斯坦国加沙地区的报道。早报中提到，那里遭到以色列军队的攻击和空袭，受伤后需要做截肢的人越来越多。但是，由于物资运输被严格限制，加沙长期处于假肢缺乏的状态。报纸上还附有一张两个男子拄着丁字拐杖行走的照片。美野里目不转睛地凝视着那张照片。

接受采访的是一个四十二岁男子和他的朋友，还有像是同龄人的男子，都做了左腿截肢。美野里看到这里，平时尽量不去想的拉西德的影子浮现在眼前。那是十一年前，在约旦的难民营见到的那个男孩，假如他没去当兵，而是平安地生活着的话，现在应该是二十多岁的青年了。在美野里参加约旦的研学旅行之后，全世界的恐怖袭击活动日趋激烈频繁，中东地区的形势也更加恶化了。当时还没为叙利亚难民修建的大型难民营，目前也已在约旦完成。即使不去有意识地查找相关新闻，而只是照常生活，那方面的信息也会映入眼帘，传入耳中。

美野里把视线投在报纸文章上。在加沙地区，虽然也有非政府组织在制作假肢，但失去胳膊和腿的人数量剧增，由于人员和材料不够，根本满足不了需求，目前仍有超过千名的残障人士在等待着假肢。

"哎，美野里，差不多该从消沉中走出来了，按自己的意志去做你想做的事情，怎么样呢？"

背后响起说话声，美野里从报纸上移开视线，转头看去。

背后当然没有任何人，只有厨房和里面的灶台，寂静无声。她转回头来，玻璃门上映出了自己的影子，远处是亮着灯光的高层建筑。

"想做的事情是什么？"

美野里像反问那个声音般在心中嘟囔道。

"啊？你不是刚刚想过吗？你看着那条报道，心想：假肢不够用啊！"

"想过吗？只是那上面写着而已嘛！"

"真烦人呀！你读了那篇报道，心里明明想为他们送去假肢嘛！你根本没必要难为情嘛！"

"我没想送呀！而且那种事情根本做不到。"

美野里在心中反复嘟囔着，同时想起了自己读过的寿士推荐的那本书。在英国的医院里，为医治从战场上下来的伤员，设置了脊柱损伤科。在古特曼医生的指导下，组织因脊髓损伤导致下肢瘫痪的原士兵们进行运动康复训练，并举办了成为残奥会鼻祖的竞技运动会。自己读过这本书后想起了清美，他虽然不是因脊髓损伤而致残的，但那些通过运动进行康复训练并回归社会的原士兵们也和清美一样，是被征兵送到战场的。美野里想到这些，就不禁感叹，要是清美也去了那家医院该多好。

美野里上次之所以把拉西德带到城里，是因为他说他想订作假肢，想继续踢足球。如果是别的少年提出请求，自己应该就不会那样做了吧。

确实如此。她现在读了这篇报道，就条件反射地想到：既然当地假肢不够用，那能不能从有假肢的地方送去呢？就像曾经收集闲置衣物和运动鞋，然后送到不够用的地方去那样。不过，主语不是自己。她只是想，别人能不能送去呢？不，比起那种事儿……

"睦美，你终于来我这儿啦？"美野里在安静的房间里轻轻嘟囔道。

宫原玲走访我家乡的乌冬面店时，曾在海港说过。

玲，比起那种事儿，还是先想法儿解决你的"自称"吧！只要能独当一面地不被别人批评你"自称"，……要先解决"自称"，然后再堂堂正正地迷惘去吧！

宫原玲感到睦美曾这样对她说过。

就在前不久，市子也曾说过，当时她因为难以在食品公司施展抱负而烦恼不堪。

市子，那种对公平贸易不感兴趣的公司，还是辞掉算啦！像那种老土守旧的公司，将来会被远远甩掉！市子可以自己创建独具魅力的公司嘛！

市子感到睦美也曾这样对她说过。

因为两人说的语气都和睦美一模一样，所以美野里觉得两人大概都曾听到睦美的说话声，可能睦美真的在两人的耳边这样说过吧。虽然美野里并不相信什么超自然现象之类的，可她只能认为就是这样，她强烈地认为自己现在也和她俩一样。睦美不来我这儿吗？当自己有了想做的事情和认准的目标时，睦美就会走到自己身边，明明郑重其事，却奇怪地用冷冰冰的语气说些话，从背后向前推自己一把。不过，现在既没有任何超自然现象，睦美也不会招呼自己了。再也没必要向前推自己一把，所以她不会来自己这里。美野里一直在这样想。

"可是吧，睦美……"美野里在只有自己的房间里小声嘟囔道，"那可就过于莽撞了。你告诉我的话是错误的！"随后漏出叹息似的笑声。

如果是市子以前说过的公平贸易的话她还能懂一些，可对于假肢的情况，她却一无所知。美野里所了解的，就只有清美曾多次更换过假肢。她好像听说过，假肢都有使用年限，过了年限就会老化，必须换新的。那么，换下来的旧假肢是不是就由制作厂家回收了呢？如果把那些……，美野里摇摇头，停止思考吧！

房间里寂静无声，已经听不到睦美发声了。

吃完晚饭，美野里把餐具端到洗碗池，然后走进卧室，从书架上取出小册子。这是很久以前宫原玲借给她的睦美曾工作过的非政府组织的会刊，里面载有睦美写的报道。宫原玲亲手把这些交给回乡的美野里，那已是十年前的事了。

睦美隶属于非政府组织的广宣部，她去该团体援助的对象国考察，并用自己的语言撰写报告，介绍了当地的具体状况，做过哪种援助，取得了什么成果。

在宫原玲把小册子递过来时，美野里既不想思考世界上发生的事，也不想思考曾参与过的援助和需要援助的人们，更不愿接受睦美已不可能再回来了这一事实，所以根本无法做到立即阅读这些报道。后来回到东京过了相当长一段时间，这才终于拿起了小册子。

那个非政府组织将目光聚焦于世界儿童，美野里对此也了解得不太详细。该团体秉持从身体上和精神上保护儿童不受贫穷和歧视的困扰，维护儿童人权的理念，在全世界二十个国家进行着相关活动。睦美曾去老挝、孟加拉国和越南的山区进行考察，并撰写了报告。

例如,她在孟加拉国考察村镇儿童劳动状况时,采访了一个九岁的男孩。

> 我真的不喜欢学习,所以不去上学倒也挺好。虽然挺好,可现在的工作就是这个——收集空塑料瓶,倒也算不上什么工作。不过,如果一直干这个,长大后成了大叔、大爷,都一直干这个,我感觉也不合适。而且,我从早上天没亮时就被赶着去干活儿,还没有节假日,却只能挣到一点点钱。我觉得吧,早上都懒得起床。那儿不是有个学校吗?你瞧,那几个小子在踢足球吧,我也想那样做呢!

睦美用口语体复述了那个男孩说的话,并在空塑料瓶堆成的小山前,拍下了那个男孩自以为潇洒的造型。

关于孟加拉国被迫童婚的十五岁女孩,睦美是这样写的。

姐姐你结婚了吗？有男朋友吗？在姐姐生活的地方，人们是怎样结婚的呢？我十一岁时初次结婚，对象比我大十五岁，你说恶心不恶心？而且我还惨遭家暴，痛苦极了，每天都忍不住哭泣。可他们却对我说这是理所当然的事情，那我只好认命。或者说，我根本不知道还有别的样子的婚姻。我现在还不到二十岁，却感到人生已经结束。我想去上学，不，上学就算啦！我想恋爱。

那女孩用一只手抱着婴儿，另一只手拢起头发。在她背后的围墙上，贴着像是美容用品的广告画，画中的女模特用双手拢起自己的头发。可以看出，这个女孩是在模仿女模特的动作。

睦美在编辑采访对象的话语时，没有采用日语中的敬语，没有运用能够引起同情和怜悯的微妙语气，而是采用了现在东京的同龄孩子常用的说话方式。在美野里看来，睦美可能先是采用了那种更加随意的日常谈话的语体进行翻译，上司在多次修改后，才以最低限度的口语体达成了妥协吧。

在这种报道中，对于遇到困扰的他们和她们的倾诉，不会首先考虑采用日常谈话的语体进行采写。他们是身处困境、被压迫剥削的弱势群体，应采用礼貌的口语体进行表述。所以，美野里在初次阅读这篇报道时，心里曾产生过抵触感。虽然心有抵触，可她却笑了起来，一边笑一边想哭，并且有所领悟：原来如此。另外，她对自己在约旦研学旅行中聆听难民妇女们诉说时产生违和感的原因也恍然大悟了。

这些孩子身处困境，但并非仅仅因此就处在与自己相隔的异世界。他们也想扮靓扮酷，也想给自己拍出漂亮的照片。他们想去学校并非因为想学习，而是因为想踢足球，遭到殴打就会懊恼不已，可尽管如此，却不知如何是好。童婚的女孩儿嫁给从未见过面的对象，使她感到恶心难耐，想和心仪的帅哥谈恋爱。那个收集空塑料瓶的男孩儿说懒得早起，美野里就忍不住想回应一句"感同身受"。

那个时候的自己也是如此。就是刚从约旦回国，宫原玲他俩遭到监禁，睦美突然离世，看到翔太所拍照片的时候。美野里从公司回到家，晚上睡觉时，曾想到如果明天不再醒来就好了，而醒来之后就对再次醒来深感失望。

自己那个时候的痛苦与这个男孩的痛苦完全不同。自己虽然痛苦难忍，却还能吃饱饭，而且不必养家糊口。但并不是这么回事儿，如果这样来对比痛苦程度，那些孩子的困窘就成了外人的事情，他们生存的世界就成了异世界。这倒不是说哪一方的痛苦更大，而是能否切身理解早上懒得起床这种微小的绝望。重要的是这一点，或者说能否想象到这一点。

不可以做这种比较。在对痛苦、艰辛和损失的大小做比较时，我们就已放弃了想象，断绝了想象。

看到睦美的叙述和所拍照片时，就能切身感到：在放学归途中去电游中心照大头贴的世界，能踢足球直到天黑的世界，梦想当芭蕾舞星而活跃在国际舞台的世界，在自己心仪歌星的演唱会上排队并求购偶像公仔的世界，与他和她艰难的每一天，是在同一个地球上共存的。他们和她们的痛苦并非特例，与受到欺凌而痛苦，因失恋而痛苦，因持续加班而痛苦，因疾患而痛苦，等等，我们日常体验的痛苦在本质上毫无区别。因此，可以认为那些痛苦总有一天会被消除。说不定这就是自己当大学生时想做的事情——找到把他们的"日常"与我们的"日常"相连的方法。她感到眼前豁然开朗。

美野里鲜明地想起十年前宫原玲来高松市寻访自己时说的话，并完全能够理解。

"我虽并未因此而释怀，但还是觉得可以放下了。就算惨不忍睹的我救助不了谁，那也是无可奈何的事情啦！但我必须继续思考下去，不可以装出毫不迷惘的样子。所以呢，我要做出优异成绩，得到认可，不让别人说：'明明没人委托你去，你干什么呀？'……"宫原玲当时就是这样说的。

正如宫原玲所说，她后来开始全力以赴地工作。经常能看到她在网络杂志和新闻网站上写的报道，她在出版了关于儿童兵的著作之后，接着又出版了纪实文学作品。她选择的主题并不是战乱和纷争本身，而是从其中逃出的或与其共存的市井民众。

美野里下决心阅读《这个战场就是我的家》这本书，与阅读睦美写的报道相同，是那次在家乡从官原玲手中接过此书过了很久之后。那部出道之作和这部新作都是面向少儿撰写的，所以非常浅显易懂、趣味横生，但给人一种讲述"远方的故事"的印象。当然，由于是有关生活在遥远异国的孩子们的故事，所以当然会产生这种印象。但是，美野里觉得，玲在此后所写的内容接连不断地发生了变化。采访对象已不是多数人，而是贴近某一个人，就像在描述自己的事情一样。阅读官原玲这种不断变化的作品，美野里不由得意识到，无论年龄有多大，体验过的经历越是悲壮惨烈，人就越是不会轻易讲述。而且，她现在仍会想起曾在难民营里遇到的那两个孩子，他们讲述了家园被炸、父母死去，她还苦涩地想起了当时以为他们是在说真话的自己和希望他们说的是真话的自己。

官原玲的著作在美野里结婚的那年——二〇一三

年——前后开始受到好评，甚至还凭借记述难民营里的女孩儿组建足球队的纪实文学作品而获了奖。所以，美野里觉得，她的感想未必只是个人观点。而且，宫原玲的变化肯定是由于看到睦美写的这些报道和听到睦美的声音所引起的。

直到手机铃声响起，美野里才回过神儿来，收起小册子放回书架，拿起了一直放在餐桌上的手机。

电话是母亲打来的，问美野里岁末年初是否回娘家。美野里在今年的春季和秋季都曾回去过，虽然寿士说喜欢美野里娘家众多亲戚欢聚一堂的气氛，不过这是因为他总在替美野里着想。寿士的老家即山边家就在东京都内，所以每次探亲都是当天返回。而如果只在美野里回娘家时住宿的话，也实在过意不去，于是她决定不回娘家了。

"那，我知道了。"母亲立即结束这个话题，接着说道，"你外公说他不进养老院。"

"啊？为什么？"

"他说要去看奥运会。要是进了养老院，怕想去东京但得不到批准。"

"不是奥运会,是残奥会吧?"

"是吗?我不太清楚。因为他一个人去不了,我就问他要怎么去。他说小陆也一起去,而且美野里在东京。"

外公是真心要来东京的,美野里欣喜不已。

"外公以前的那个朋友已经确定要参赛啦!我想:如果外公不长期住的话,就订酒店,等闭幕式结束后,再决定进不进养老院吧。"

"好不容易有空床位了……那好吧,既然说要去东京,那就说明精神头儿还不错吧?以前去时你就各方面照顾他,那好吧。"美野里听到这话就想起了大学时代,当时母亲也是这样打电话通知自己的。母亲说完就要挂电话。

"哦,等一下。"美野里说道,"外公的假肢,不是换过几次吗?替换下来的假肢是怎么处理的?"

"哦,厂家会回收呀!怎么啦?"

"不,没事儿。那好,再联系吧!"美野里说完就摁了挂断键。然后，她凝视着手机，给小陆发信息。

> 小陆，你问一下你曾外公，如果可以的话，请他告诉我凉花的住址。

进入二〇二〇年的第二天，美野里和寿士一同前往寿士在小平市的老家。寿士家从事庭园营造业，宽阔的院子里分布着修剪精致的松树、细叶冬青和梅树，俨然一座壮观的园林。他们在宽敞的客厅里向寿士的父母拜了年，一起吃了准备好的年夜饭。寿士虽然有个哥哥，但他和家人住在逗子市，每到岁末年初都会一起去海外旅游。虽然寿士说哥儿俩关系不坏，但来往却不多，美野里与他们见面的机会也是屈指可数。

美野里觉得，与众亲属聚集生活的多田家相比，用略显奇妙的词来形容山边家的话，那就是"雅致"。他家的每个房间都像院子一样收拾得井然有序，不会把没吃完的仙贝或面包丢在餐桌上不管，也不会在走廊里摞起蒙着灰尘的纸箱。而且，看上去不像七十多岁的公婆和寿士都不怎么说话。以前第一次见面时，美野里还担心他们是不是心情不好或不中意自己，现在她虽然仍对这种静默感到不自在，但已比过去有所适应了。

这一天也是在互致新年问候之后，年夜饭席间，气氛就沉静下来了。寿士的母亲不时地像忽然想到一样，说起自家店里员工的事：某个人有了孙子，某个人患上了痛风病，自家上初中的孙女迷上了某个偶像，等等。寿士从头听到尾，却只是笑着说："妈妈还是那样，说到最后也没包袱啊！"

大家饭后边喝茶边看电视上正在直播的箱根驿传马拉松。在临近傍晚时，美野里和寿士告辞，离开了山边家。两人换乘电车，前往长野市的温泉旅馆住了一夜，第二天返回东京中野区的公寓。

美野里查看了信箱，发现里面有用橡皮圈捆扎的贺年卡。

"这是我第一次在正月里泡温泉，感觉相当不错啊！"

"明年也去哪里住两天吧？"

两人说着回到房间，脱下大衣，开始收拾行李。美野里来到餐桌旁，一张一张地看贺年卡。

"啊！"美野里轻轻惊呼一声。

"怎么了？"正在厨房忙活的寿士从吧台上方探身问道。

"凉花，就是以前说过的那个残运田径选手，还记得吗？我外公认识她，她寄来贺年卡了。"

贺年卡上印着凉花自己裁剪过的越过横杆的照片，还有获得国际赛事第二名和确定参加残奥会的报告，下面是她手写的新年贺词和电子邮箱的地址。

> 一月十五日有例行练习会，我也参加。你方便的话就来看看吧！随时联系。

"贺年卡？她怎么会知道你的住址呢？"

"去年，我让小陆告诉我她的住址，还给她写信了。我在信中祝贺她获得直通残奥会的资格，还有我外公说确定要去看比赛的事情，还写了要去看五月的东京奥运会。可没想到她会回信。"

"这个'练习会'是……"

"哦,就是我以前说过的凉花和我外公初次见面的那个练习会。可以说是假肢制作技师创建的运动俱乐部,也可以照字面意思理解成穿假肢跑步的练习会。听说现在还在持续活动。"

关于残障人田径运动的年轻选手与外公相遇的情况,美野里已向寿士简单讲过,可那个练习会是怎么回事儿,她却了解得不太详细。不过,总之是美野里来东京上大学那年,清美和凉花是在这个练习会里相遇的。

"贺年卡上写着叫我去看呢!"

"嗯,而且刚好是休息日。"

"去看看吗?"美野里刚要不假思索地说出这句话,却心头一惊。

心中的某个意念已开始启动,就是此前一直保持静默、压抑在心底不去触动的某个意念已开始启动。

当某个意念开始启动时,头脑虽尚未意识到,心中却已开始躁动期待，这是在二十多岁以前有过的体验。现在，她依然对某种未知的意念开始活动有种隐约的恐惧感。如果保持静默，就不会发生任何事，也就不会有失败。然而，一旦启动，往往会发生错误，还有可能导致无法挽回的失败。

但是……，美野里像要辩解似的想道。

既然已经启动，就不能无视。虽然不能无视……

"也就是去看看，可以吧？因为只是看看嘛！"美野里不由得嘟囔出来。

"啊？你在说什么？既然人家邀请你，那就完全可以呀！"寿士说完，返回厨房拿来了啤酒和酒杯。

"那倒也是。"美野里凝视着注入杯中的金色液体，对优柔寡断的自己感到厌烦。不过她现在都已习以为常了，包括对自己的优柔寡断和对优柔寡断的自己感到厌烦。

"我觉得吧，"美野里凝视着注入杯中的金色液体，说道，"初次去那种没去过的场合或者说是原本与自己无缘的场合，需要一定的勇气吧。这是不是上了年纪的表现呢？"

其实并非因为上了年纪，而是自己一直在按照个人意愿刻意回避探究未知事物和去一个没去过的场合。

"嗯，会有这种情况啊！我本来想学韩语，可目前还没有任何行动呢！"

"啊？你想学韩语啊？我一点儿都不知道。"

"我原先就喜欢韩国电影，可一想到要从零开始，还是犹豫不决。都已经到这个年纪了嘛！"

"啊？学韩语不挺好的吗？你学吧！以后咱们一起去韩国旅行吧！"

寿士把空酒杯摞起来，美野里笑了。她忽然想起小陆说过，在漆黑中奔跑和跳跃都让人感到极为恐惧。

代代木公园后边有一块田径运动场，美野里以前还不知道。走进大门，眼前展现出灯光照射的跑道。已过六点，天色完全暗下来了，可是在照明灯光下，仍有很多人。他们或练习跑步，或围成圈儿做热身操，或练习跳跃，美野里感到非常惊讶。这块运动场，个人或大学以及上班族的运动队等，只要是在规定的时间范围内，不需申请即可使用。其中有些群体穿着运动套装，也有人独自默默地奔跑。美野里已和凉花约好在门口碰头，但因为来往的人太多，她就一直站在像是事务所的房前，左顾右盼地寻找只见过一面的凉花。

她注意到运动场的外草坪上坐着几个人，正在摊开箱包，换上假肢，就观察着他们的状况。在场的有四个人——走近年轻女子做指示的女教练员，穿着短裤的已换好运动专用假肢的男子，同他们谈笑风生的年长男子。美野里虽然判断他们就是练习会的成员，但因为看不到凉花，所以不能冒昧地去打招呼。

"你好！"

"噢！你身体还好吧？"

另有两人打着招呼加入那个圈子，其中一人望着美野里身后，喊道："哦，明星登场！"众人欢呼。美野里回头看去，只见有个眼熟的女子正向他们挥手，是持丸凉花。那个圈子的人们接连站起身来。

"祝贺直通残奥！"

"好久不见。祝贺！"

他们都拍着手纷纷表示祝贺，凉花当场举起双臂，就像已经取胜般挥舞着。她发现了美野里。

"哦，那个，阿清的……？"凉花说着满脸笑容地走了过来。

"今天谢谢你了。我是清美的外孙女，山边美野里。"

"哎，这位是……那个……阿清的外孙女。美野里，这位是团队的主管——泷井先生，为我们制作假肢的尊敬的老师。"凉花对着旁边站着的男子说道。

"不，我不是老师，我是技师。"那位长着茂密的灰白色头发、看起来非常精悍的男子向美野里递来名片，"是吗？清美先生的……，清美先生还好吧？"

美野里听泷井这样问，有些惊讶，但立刻明白过来，因为他是主管，所以当然也见过参加练习会的清美。

"是的。我外公很久以前承蒙您关照，他现在很好。今天请您多多指教。"美野里鞠躬行礼。

"你可以随处看看，如果想问什么、想找谁聊聊，向我打个招呼就行。"泷井说完就走到那几个人中间，和他们交谈，然后蹲下身来为女子的假肢做维护保养。这个圈子里的几个人并没有特意互相打招呼，各自把握时间走上赛道，有的抬腿向前走，有的慢慢奔跑起来。

接下来又有人陆续到场并相互问候。"哦，凉花，恭喜你！"人群中迸发出爽朗的祝贺声。他们都当场换穿假肢，有的做准备运动，有的奔向跑道。有位女子好像还没适应假肢，在跑道上走得笨拙而费力。一个俨然田径选手体格的男子上前，手脚并用地为她做讲解。

"那个人才第二次参加练习。第一次是在两个月前，间隔太长，会导致感觉灵敏度下降呢！"刚才陪伴她的那位女子向站在原地的美野里说道，"我是康复治疗师坂田。"

"我叫山边美野里，请多指教。"美野里也点头回礼。

凉花发出怪叫声，冲向跑道，拍拍同伴的后背后，大声笑着奔跑。从这边根本看不出穿着运动装的她右腿是假肢。

"好久没见了，她撒起欢儿来了。"坂田追视着凉花笑道。

"我刚来到这个练习会时，当天初次参加的就是我和阿清。"

凉花在跑道上跑了一阵儿，并对同伴做了指导，然后返回草坪，坐在美野里旁边，开始讲述。

"嗯……，那已经是二十年前的事儿了吧。抱歉，我没用敬语。"

"那个完全不必在意，拜托你用简体讲吧！"美野里说道。

"倒也没什么拜托不拜托的。"凉花笑了笑，继续讲述，"我记得当时大家都笑着说，这两个初次参加者是最年长和最年少的。我在那半年前因骨癌失去了右腿，但当时我年龄小，还不太懂，心里就想着会完全复原，或者说还会长出来呢！不是吗？好像能长出来吧？我被领到泷井先生那里，请他制作了假肢。我感觉特别扫兴！如果装上假肢，本来能长出来的也不行了嘛！结果呢，终究是没长出来。"

凉花说到这里，像感到很滑稽似的笑了。

"我被领去练习会是在晚上，那里都是大人，而且那些大人都穿着假肢，谁都没长出新的胳膊或腿，所以我深受打击。我害怕跑步，实在不愿意，就气呼呼地坐在那里。于是呢，最年长的老爷爷就帮我穿上假肢。你瞧，就像那个人的样子。当时运动专用假肢也许还是试制品，不过还行，我就把它穿上了。"凉花指着那个第二次参加的女子说道。在被照得亮如白昼的跑道上，她正在坂田的陪伴和指导下练习步行和跳跃。

"最年长的老爷爷就是那样，在已经适应了穿假肢跑步的伙伴和泷井先生的指导下，摇摇晃晃地在跑道上步行。虽然最初走得很不稳当，但渐渐地走起来就像在一蹦一跳了。虽然有时得用这只健全的腿单腿跳上几步，但在噔噔噔地跑完一圈时，尽管还有点儿笨拙，但已经能跑步了呢！"

凉花像刚刚看到清美跑步的身影般，瞪大眼睛望着美野里。

"在我看来，他就是个很老的老爷爷。这个老爷爷噔噔噔地一蹦一跳地跑步，而且一直在笑。他跑了两圈后气喘吁吁地回来，一下子倒在我身边，仰望天空，喘着粗气，发作般地'啊哈哈哈'地大声笑了起来，笑得停不下来。我感觉挺瘆人的，觉得这人可能会死掉吧。我刚要躲开，阿清望着我喊了起来：'啊，太厉害了！这不是要飞上天了吗？'然后就又笑了起来。"

凉花说完，也笑了起来。美野里听了不禁感到，凉花说的似乎不是清美。美野里从未见过，真的从未见过清美放声大笑，所以无论如何都难以想象清美倒在地上发作般地大笑的样子。

"那个样子吧，真的，怎么说呢，看上去似乎感觉超爽，令人惊讶。于是，我也站起来走向跑道。他在我身后说：'小姑娘，当心点儿，会飞起来呢！'我也先是从走路开始，然后渐渐地尝试像弹跳似的跑起来。虽然我还跑得不熟练，摔倒了，但泷井先生没来扶我。我就爬起来，继续练习跑步，结果呢，真能跑那么几步了。不过，我并没像刚才的阿清那样兴奋。因为，你看，我截肢后的时间还很短。所以我就想：啊？这根本就跑不起来嘛！不过，一旦在跑道上摔倒过，我就再也不会害怕了。所以，下个星期、下下个星期，继续让父母带我来。我觉得总有一天会像阿清说的那样能飞上天空，就坚持来练习会。阿清也经常来呢！不管怎么说，我们不还是同期生吗？心里就想着不能服输，一定要努力。哦，是我自己任意地这样想啊！所以，当阿清不再来时，我就有些失望呢！"

"所以，那个……你现在还认为，你能坚持竞技运动是因为我外公吗？"美野里问道。在她心里，在凉花的讲述中出现的阿清的形象仍未和清美完全重合。

"我当时才七岁。由于父母很早就带我来这个练习会了，所以适应假肢也比较快，在小学里也能正常上体育课呢！不过，开始正式的田径训练是在上大学之后，而且虽说对使用假肢适应得快，但训练异常艰苦，即使努力到极点也难以取胜，这种情况很多……。而且，就算获得了好成绩，也会有人说闲话，例如我是靠这种板簧假肢出成绩的，委托泷井先生制作了特殊的运动专用假肢，等等。"

凉花挽起运动裤裤脚，让美野里看了前端呈弓形的板簧假肢。

"因为不努力的人没有努力过，所以他们不明白努力是怎么回事儿。他们也不会明白努力的人付出了怎样的努力，甚至不明白为什么要努力。因为他们不明白，所以他们就只会认为争取到好成绩的人像是用了什么奸招来耍滑头。这种说法令人懊恼，常常让人感到无法忍受。每当这种时候，我就会给阿清写信，虽然总是没有回信……"

凉花把目光投向人来人往的跑道，美野里追视凉花目光的前方，眼前浮现出在清美房间里看到的信封，圆圆的字体，可爱的纪念邮票。她在信中表述的焦虑和懊恼，清美究竟是怎样理解的呢？

"虽然他没回信，可我在写信时也会清晰地想起阿清那感觉超爽的喊声——'这不是要飞上天了吗？'我很想体验那种感觉，无论如何都要体验一下。嗯，重要的不是比赛纪录，不是名次。这样一想，我就又能坚持严格训练了。我现在也还没体验到呢，飞起来的感觉。所以在跳跃的时候，我总是在想：飞起来！飞起来！"

"我对这些一无所知，因为我外公从来不会大声笑……"

美野里心想：不仅是对外公的情况，自己对这位女子付出过多少艰辛的努力，当然也一无所知。因为初次参观时，看到她跳得那么轻盈自如，根本没去想她经过怎样的努力，才达到了如此高超的水平。

"我没见过外公笑的样子，也完全想象不到外公奔跑的姿态……"

"像那样发狂似的大笑，我也只见过那一次，想必当时阿清的心里万分激动吧。"

"啊！"美野里不禁发出惊呼，她忽然想起清美住在她的公寓里时，曾在深夜痛哭过，"那个，二〇〇〇年的悉尼残奥会，练习会的各位一起看过吗？"

"哦、哦，嗯、嗯，看过啊！我记得很清楚。当时呢，首次有穿着运动专用假肢的日本人参赛，泷井先生因此也和那位选手一起入驻现场。于是，练习会的伙伴们决定一起观看。有人帮我们预订了一家带有大屏幕彩电的场所，就是在那里看的。虽然我已经记不清画面了，但是对我们来说，日本人首次穿运动专用假肢参赛非同寻常，所以我还记得当时的情景。"

"也就是说，在那以前的残奥会，田径选手都是使用普通假肢参赛吗？"

"我想是的。那位选手如今依然活跃在前线，很了不起，他能跳过两米的高度，而且这届残奥会还将参赛。"凉花就像在说自己的事情一样。

放声大笑，压抑痛哭，在自己不知道的地方，不，在所有家人都不知道的地方，在这个练习会里，清美曾如此这般地感情爆发过吗？美野里想到这里，心情变得复杂起来。清美为什么在自己家里不笑不哭，也不怒呢？不，也许曾经笑过，哭过，怒过，可为什么都要背着家人呢？难道是因为"男儿有泪不轻弹"这一传统价值观吗？

"你看她,虽然也在努力,但在成年人中,很少有穿上假肢马上就能奔跑的。首先是恐惧感,对摔跟头非常恐惧,而且掌握平衡也特别难。阿清当时已经差不多七十岁了,所以第一次就能那样奔跑,可真不简单。泷井先生说:'阿清真不愧是前田径运动员,但也毕竟有五十年没跑步了吧。'一想起当时的情景,我就直想哭……"

"啊?什么?"美野里打断了凉花的话头,"你说我外公是什么?"

"我说阿清毕竟有五十年没跑步了。"

"我说的是前面那句话,田径运动员?"美野里问道。

凉花目不转睛地凝视着美野里,忽然扑哧一声笑了出来。

"烦人,你怎么什么都不知道?啊?你真的不知道?"

美野里感觉凉花说的仿佛是另一个清美,一个不知身在何方的同名同姓的老人。

"清美先生年轻时曾是田径选手,你真不知道?名称我忘了，可他确实在过去全国性的运动赛事中得过冠军呢！"

"不好意思，那个，我完全不知道你在说什么。"美野里说道。

依然瞪大眼睛的凉花和眉头紧皱的美野里面面相觑了片刻。

"在东京举行的大型体育运动会，从全国选拔大学生和普通人选手，清美先生参赛了。如果没发生战争，他也许连奥运会都能上场，是个前途无量的选手。因为当时我还没出生，所以不太了解，但泷井先生就是这样说的嘛！"凉花突然用起敬语说了起来。

"你说是选手，啊？参加什么项目？"

"跳高。你真的不知道吗？"坐在旁边的凉花的声音越来越远。

"啊？啊？啊？你说什么？你说什么？你说什么？我完全不明白！"美野里一直半张着嘴，心中连续不断地呼喊着。

"不过吧，这都是从泷井先生那里听来的，我并没有直接问过阿清。我那时还小，感觉这事儿不可以问。不过，我可不是乱猜，也不是撒谎。"凉花噘着嘴说道。

"我倒不认为你在撒谎……"美野里嘟囔道，"大概我家里人谁都不知道……"

不，也许清美的妻子笛子知道，美野里在心中补充道。

"那也许是不愿意说出来。倒也不是想隐瞒，就是那种所谓'不说为妙'？过去的人不都是那种感觉吗？'不说为妙'，我是不是又用错词语了……"

美野里凝视着眼前的跑道，在耀眼的灯光下有很多人在跑步。在最外侧的跑道上，穿着假肢的人们以各自的节奏或奔跑，或步行，或高抬腿垫步跳跃前进，但美野里还是想象不出清美加入其中的情景。

凉花刚才说也许清美差点儿连奥运会都能参赛，那是在什么时候？一九四〇年的东京奥运会和一九四四年的伦敦奥运会都停办了。哦，这且不说，过去的全国性的运动赛事是怎么回事儿？难道清美上大学时曾作为选手参赛过吗？美野里在记忆中寻找，清美来东京上大学……，而在校就读时间为两年或三年……，好像听笛子说过这事儿，不过……

"泷井先生，过来，过来！"凉花呼唤返回草坪的泷井先生，并向走过来的泷井问道，"清美先生曾经是个非常厉害的选手吧？跳高项目的？"然后，她开始取掉运动专用假肢，换上日常使用的假肢。美野里觉得不该看，立刻把视线转向别处。

"嗯，我听说就是这样啊！一九四〇年的东京奥运会被称作幻影般的奥运会，那时多田先生应该在上旧制中学吧。据说他当时有望参加下一届伦敦奥运会。"

泷井先生说着蹲下身来，拿起凉花脱掉的假肢进行检查。

"因为我什么都不知道，所以刚刚听说时非常惊讶。"美野里说道。

"其实，奥运会和残奥会都没有年龄限制，这届残奥会的参赛选手中，最年长的是七十二岁。所以，我那时恳请清美先生坚持参加练习会，就算二〇〇〇年的悉尼奥运会不能参赛，二〇〇四年的雅典……，我是真心这样想的呀！"泷井先生表情认真地说道。

"可是，不管怎么说，年过七十岁才开始训练……"美野里怎么都想不通，只是毫无意义地笑了起来。

"哪里，哪里，人体的潜能谁都想象不到啊！我记得很清楚，因为当时多田先生第一次练习就能跑起来，所以我断定他的身体素质非常优秀。我郑重其事地建议说：'多田先生，这回可一定要参加残奥会呀！因为这简直太了不起了！如果日本代表队中有个八十岁的跳高选手的话……'"

"那关注度毫无疑问是第一啦！"凉花在旁边说道。

"那个……我外公是怎么说的？"

"多田先生只是笑了笑。他压根儿就没认真当回事儿吧。由于练习会在东京，每周来练习当然做不到，每个月来都很困难吧。而且，运动专用假肢才刚刚研制出来，要是那时就为自己订制并开始练习，经济负担也会很重啊！"

好像运动场关门时间快到了，在跑道上奔跑的人们大都退了出来，有的在换衣服，有的在开会。练习会的人们也返回原地，边谈笑边擦汗，并开始换穿假肢，现场洋溢着锻炼身体后的人们所特有的爽快氛围。

"泷井先生是从谁那里听说我外公是运动员的？是从我外公本人那里吗？"美野里问道。

"不，我记得是野上先生介绍的。不过，野上先生和多田先生是什么关系，我不清楚。哦，那位野上先生为物色残奥田径选手竭尽全力。像战前运动会的纪录保持者和曾经确定参加幻影般的一九四〇年奥运会的选手，他都去找到并打了招呼。"

"那位野上先生……"美野里从未听说过这个名字。

"在三年前已经因病去世了。"

"泷井先生，今天也要去吧？"一位看起来像田径选手的男子问道。

"要去，要去。有时间的人都去店里集合！"泷井回头答道，"过后大家都去常聚的餐厅，你要是方便也去吧？只吃饭，只喝茶，只喝啤酒，都行。"他向美野里说道。

"谢谢。"美野里虽然回应了，可头脑中一片混乱，此时她还无法从容不迫地参加这种全是陌生人的聚会。

她慌忙向整理好物品后站起来的凉花说："凉花，那个，我可以给你再发邮件吗？我……对很多事情感到非常惊讶，今天就先回去了。"

然后，她又向泷井问道："泷井先生，我可以再来参观你们练习吗？"

"当然可以。什么时候来都可以。"泷井笑着答道，"坂田，你帮我给餐厅打电话了吗？"他边喊边朝离开的人们追去。

"不好意思，吓到你了吧？我很少能参加这个练习会，以后再联系。那好吧，代我问候阿清！"凉花轻轻点头后，就跑步朝泷井他们追去。

大群的人们陆续离开运动场，刚才还人潮涌动的跑道上转眼间变得空空荡荡。此时，美野里发现灯光映照下的土地和白色线条美丽无比。

美野里也跟着人群来到运动场外，站在路灯较少的暗处，停下脚步，取出手机。她搜索"国民体育大会的历史"，立刻出现了结果，第一届是在一九四六年即战后举行的。她加上"战前"，再次搜索，出现了感觉很陌生的名称——"明治神宫竞技大会"。看样子就是这个。

美野里原地驻足，阅读了关于明治神宫竞技大会的说明，并在该名称的后边输入"多田清美"的名字进行搜索，可没有出现任何信息。

刚才微暗的视野陡然变成浓黑，美野里惊讶地回头一看，原来是刚才还亮着的照明灯同时熄灭了，只有跑道上的白线隐约浮现出来。

美野里拿着手机向前走。高中，不，应该是旧制中学吧，虽然不太清楚，但清美可能直到大学时代，都在从事田径运动，之后就被征兵送上了战场，在失去一条腿后返乡……，美野里匆忙整理思路。

打电话问问母亲吗？不过，很难想象母亲能知道这些情况。外婆有可能知道，美野里点击手机触屏，刚要打开通话界面，又想，还是回到家里沉静下来再打电话吧，于是关上了手机界面。不过，外婆会不会又说："他不想讲，你就别问了。"确实如此，既然清美自己从未讲过，那毫无疑问就是不愿意讲。

美野里想来想去，无法平静心情。因为无法平静，所以她上电车后又立刻拿出手机，抓着吊环，打开了聊天界面。

> 小陆，我刚才应凉花之邀去看了练习会。然后呢，凉花说你曾外公曾是参加全国性运动赛事的田径选手。我非常惊讶，是不是哪里搞错了？因为凉花描述的你曾外公的形象和我所熟悉的你曾外公的形象相去甚远。或许因为这是二十年前的事情，凉花也已记不清了？

美野里一鼓作气地输入完毕就发送出去了。当她来到新宿换乘中央线时，提包里的手机短暂震动，小陆很快就发来了回复。她看到后不禁"啊"了一声,慌忙巡视周围后,再次把视线投向手机屏幕。

没错,确实如此。

小陆在对话框中告诉美野里。

☺ 外公篇

流云的阴影缓缓掠过街区,一伙男人在车摊儿前捧着冒热气的大碗,吸溜着吃饭。没等市场管理警察出现,地摊儿小贩就收起货品,望风而逃了。从小贩的包袱皮儿中掉出的罐头滚落到地上,背着婴儿的女人快速捡起。

我看到城市开始慢慢恢复呼吸,泛起血色,挺身立起。

"哎,你要是饿了,就吃点儿什么吧!"傍晚时分,有个姑娘向我招呼道。我每天站在市场周围不同的地点,可这一天站在了卖食物的车摊儿的正对面。那个姑娘很像以前训练场旁边店里的女孩儿,待我们很热心的那个女孩儿。我道谢之后,吃了她给我的乌冬面。我原以为是代用品,可其实是真的乌冬面。尽管我什么都不考虑,什么都不想,可还是热泪盈眶。因为乌冬面好吃而流泪，令我羞臊不已，明明没出汗，我却假装擦汗，抹去了眼泪和鼻涕。

在没有人向罐里扔钱的日子，我就站在乌冬面车摊儿前。那位姑娘在收摊时必定过来问一声："你吃点儿什么吗？"沉默寡言的父母和姑娘经营的食摊儿卖饭团、中式汤面和乌冬面。因为总是吃东西不给钱，我过意不去，就开始帮他们清洗碗碟，收拾剩饭。除此之外，那位头发花白的父亲还委托我去购买面粉。倒也不是每天，一个月就那么几次。于是，我就分担了采购面粉和把面粉送去面条加工者那里的活儿。那时警察经常集中逮捕面粉销售商，搬运面粉的我们也会被抓。不过，警察好几次都对我手下留情，肯定是因为我失去了一条腿。所以，我去采购面粉时，就不装铁制假腿，而是拄着丁字拐杖。

我还知道，摆食摊儿的这家人原先在市内有门店，但在空袭中被烧毁了，姑娘的哥哥当兵走后，再没回来。但是，他家长子是去了哪里再没回来，是否发布过"战死公报"，他们什么都不说。我是怎样失去一条腿的，家在哪里，他们也什么都不问。

渐渐地，即使不去黑市，也能买到面粉了。在同一时期，陆续建成了电影院、酒吧和弹子游戏屋，市场犹如孵化繁殖般不断扩大。这个摆摊儿卖乌冬面的家庭，也在自家和商店的原址上建起了简易小屋，并在那里营业。他们对我说："如果你无处可去，就来我们这儿吧！"那位姑娘笑着说："你还可以像原来那样站在店门口。因为你个头高，而且一看就知道是从战场上回来的，代替烧毁的招牌站在店门口，大家一下子就记住我家店，忘不掉了！"

我站在那里，确实有不少人上前打招呼，从战场上回来的人，盼望亲属从战场归来的人。恢复发放抚恤金的消息，也是住在邻区的原士兵告诉我的。我领到抚恤金后，就和这家的姑娘成了亲，并改姓他家的姓，以前双腿健全的我已不复存在。我们在店旁边盖了一间简易小屋，我和成为我妻子的女人就在那里生活。

不久之后，孩子出生，那个成为我妻子的女人身强体壮，仅仅休息了几天，就背着婴儿开始干活儿。第二个孩子出生后,我就背着一个站在店前。

简直难以置信,我竟然当了父亲,有了自己的家。这种事情怎么可能允许发生?!我不再饥肠辘辘,不再口渴难耐,一日三餐都能吃饱,还有酒喝,甚至还能吃到零食。小小的、胖胖的、散发着奶腥味的孩子向我伸出手来喊着:"爸爸,爸爸……"我笑了。这种事情怎么可能允许发生?!那家伙,那小子,还有甚平,都没回来,可我却在这里逍遥自在地和自己的孩子们玩耍。恐怕某日定有天谴降临,这种预感令我恐惧万分。所以,我在心中不停地默念。

"不许笑!不许乐!不许尝味道!只能纹丝不动地站着看!"只能看风吹着空罐在地上滚,只能看燕子飞向远方,只能看天空中的流云飘过,只能看对面高楼拔地而起。

有一次,某个男子来找我。

邻区那个告诉我恢复发放抚恤金的男子带来两个人,他们对我说,明年东京将举行残奥会,希望我参赛。明年是奥运年,虽然上届没办成,但这回确定无疑。在奥运会之后还要举行坐轮椅的人参加的世界性的运动赛事，我既可以两场都参赛，也可以选其中一场参赛。两个男子各自做了说明。

哈哈，这两人是来嘲弄我的吗？他们是想要嘲弄我这个无事可做、只能站在这里的单腿男人吗？他们做这种事，有什么意思呢？

我哼笑了一声，既不是因为可笑，也不是因为想笑，而是为了表示我已看穿他们不怀好意，所以哼笑了一声。哪知鼻涕也出来了，我慌忙抹了抹。

即使是这样，他们仍继续说，滔滔不绝地说明这届运动会具有何等重大的意义。那是在夏日里，阵阵蝉鸣像是要打断他们。当群蝉齐鸣的声浪更高时，他们也放大了嗓门，任凭汗水顺着下巴吧嗒吧嗒地滴落，依然忘我地讲解着。

"因为你曾参加过明治神宫竞技大会，而且在大学里也非常活跃，所以只要从现在开始练习，篮球和游泳也能掌握呢！请你一定跟我们去练习场。"

听到这些话，我感到像被打了脸。

我以前擅长跳高，但是从战场上回来后没对任何人讲过。父母和同学当然知道，可他们都已不在。我明明连姓都改了。

"以前的运动会……那届停办的奥运会的预定参赛选手，总之以过去正式运动会参赛选手的纪录和名单为依据，我们查询了每个人的消息……"年纪较轻的那位说道。哦，这就是惩罚，这就是惩罚。什么消息不消息的，我不想被人知道。比我跑得快的人，比我跳得高的人，本应去奥运会参赛的人都已不在，可为什么我还在这儿？即使他们没这样说，我也明白。

我说："是想叫我去丢人现眼吗？"

"那种想法必须彻底改变。"高个子大声说道。

"就是为了改变这种想法，才要举办这届运动会！"他大叫大喊地说道，依然汗流满面。

这样搞是为了叫我痛彻骨髓地明白，自己已不能像从前那样奔跑，不能像从前那样跳跃了吗？就算明白了，又能怎样呢？而且，我已不是十多岁的青少年，而是快四十岁的中年男人。我料想就算这样说了也没用，就不再表达自己内心的想法。

"不要总是计较失去了多少,而要最大限度地发挥残存条件的作用,这是我的老师说的。你可以采用不同于以前的、只有现在能用的方式去奔跑、跳跃……"那个大汗淋漓的人喋喋不休。

我沉默不语。就像以前那样什么都不想,只是沉默。不管对方怎么说,我都不回答,像块石头般待在那里,只是呆呆地望着眼前的两个陌生人。妻子疑惑地从店里出来,问那两人有什么事儿。那两人刚想重复刚才对我说过的话,我挡住他们,怒吼一声:"快走开!"

妻子还不明白到底是怎么回事,也跟着我怒吼:"快走开!快走开!"

那两人面面相觑,然后转身离去。

"虽然什么原因我不明白,但我觉得这是好事儿嘛……"邻居家的男子说道,"哎,太太,那两个人……"

他还没说完,我又大吼一声:"闭嘴!"

我不想让任何人知道。不管是作为我妻子的女人,还是作为我父母的人，还是我的孩子，我都不想让他们知道。就算让他们知道了我过去擅长跳高运动，又能怎样？

夏季过去，秋季到来，收留我在此居住的岳父溘然仙逝。孩子们小学毕业，上了初中，不爱学习的长子放学后马上就会跑到外边去玩，女儿开始帮店里干活儿。在每天的忙碌之中，那两个陌生男人曾经来过的事和运动会的事都像消失了似的，被忘得一干二净。邻居家的男子常露面，吃过乌冬面，像没发生过那事似的东拉西扯一阵儿就走了。

我看了电视播放的画面，终于想起来了，就是坐轮椅的人参加的运动会。

自从店里装上黑白电视机后，专为看电视而来的顾客也有所增加。在东京奥运会期间，想看电视的顾客占多数，还有人站着看，还有人不吃面条，看完电视就走人。在十月下旬，闭幕式之后，那种顾客就不再来了。自从有了电视机，打烊后，全家人就在店里吃晚饭，孩子们边看电视边写作业。

那是某个星期天的中午，我照例站在店前。从电视机里传出热闹的音乐声，在门外都能听见，播音员的声音被店内回荡的说话声和笑声淹没。我不经意地从大开的店门朝电视机看了一眼，顿时浑身都僵住了。画面中映出正在运动场上行进的轮椅队列，和平鸽腾空飞起，一个外国男子讲话，皇太子殿下讲话，轮椅上的日本人宣誓。片刻之间，这段报道就结束了，接着转到另一条新闻。

我想起上回汗如雨下、声嘶力竭的那两个男人，他们说的就是这件事呀！

再次看到是在晚上，两三天后的晚上。吃过晚饭，岳母和妻子在喝茶，我在喝酒，孩子们在店里的餐桌上或翻看杂志，或做家庭作业。这时，黑白电视画面中又映出轮椅运动员团体，内容是运动会竞赛的新闻摘编：选手入场，讲话致辞，男女轮椅标枪，男女轮椅铅球，另外还有轮椅篮球赛。但是，日本人完全不行。后来，对方队员让开空当以便让日本队员投篮。你瞧瞧！这不是丢人现眼吗？简直成了笑料，不是吗？但是，我发现观众中没有人发出嘲笑，也没有人表示轻蔑，而是鼓掌呐喊，为队员加油。而且，那些选手们，坐在轮椅上的男女们，为什么会那样愉快呢？为什么会那样欢笑呢？

"爸爸，你不是也可以坐在轮椅上射箭吗？"女儿从作业本上抬起视线，向我问道。

"是啊。"我笑着答道，"不，恐怕不行，因为爸爸拿不了比筷子重的东西。"我笑着说完，关掉了电视机。

第八章 向前

二〇〇九年

最终,美野里决定在二〇〇九年的盂兰盆节过后返回东京。她在老家都已住了五个月,同打工的年轻人一起在蓬莱屋干活儿,傍晚就去接小陆,每天都很轻松。但是,随着日子一天天过去,她越来越感到郁闷。她并不打算像表哥嘉树那样一直在蓬莱屋干下去,也不想退掉东京的公寓房返乡。

暂时别想为他人提供帮助或做出某种有意义的事情,首先要踏踏实实地过好自己的日子。如能做到这一点,拥有了自信,到时候再考虑自己还能做些什么,这不是也挺好吗?她像劝说自己似的拿定了主意。主意已定,就觉得今后做任何事都会顺风顺水。

在动身返京的前一天,美野里仍如往常一样去保育园接小陆,又站在了通向教会门口的石阶前。上次她在港湾和宫原玲分别,在这里读过有关一颗麦粒的语句之后，每天来都要看看旁边的告示栏。虽然有时不太明白其中的含义，但和那次一样，常常感到仿佛是在直接向自己诉说。对于尚未读过《圣经》的美野里来说，那上面写的语句就像神签一般。

今天写的是：属于你的"泰伦特"，只赋予你自己，去想想怎样运用和拓展它吧！美野里继续读了写在旁边的《圣经》语句。

"泰伦特"是什么？是指恩赐吗？美野里站在告示栏前思考了片刻。从院内传出孩子们的欢笑声，还有嬉闹时兴奋的叫喊声，阵阵蝉鸣仿佛要将其淹没。

美野里在心中嘟囔了一阵，带着未获答案的疑问，离开告示栏，走向保育园门口。孩子们仍如往常一样在院子里玩耍，美野里边打开门锁边搜寻小陆。在院子角落里，包括小陆在内的几个孩子蹲成一圈。美野里看到小陆的班主任，就走近她。

"从明天开始,还是由小陆的妈妈来接他。多谢您一直以来的关照。"美野里向她道别。

"哦,真的?您要去东京了吗?"看似比美野里年轻的保育员夸张地做出悲伤的表情。

"今后还请关照小陆。"美野里鞠躬致意。

"小陆——,你姐姐来啦!"保育员大声喊道。蹲在圈中的小陆回过头来。

"不是姐姐,是姑姑。"小陆边说边跑过来拉住美野里的手,然后朝小朋友们挥挥手说,"那我先走啦!再见喽!"

"刚才在那里做什么呢?"美野里领着小陆走出保育园时问道。

"在做蝉蜕的坟墓。"小陆边说边回头看,似乎还想玩。

"蝉脱壳后就飞走了,可并没有死呀!"

"因为蝉蜕没有活着!"

"嗯,是这样啊!"美野里觉得讨论起来太麻烦,就敷衍地点了点头,锁上大门后向前走去。

夕阳沉沉欲坠，城市和树林也渐渐染上了橙黄色，暑热却丝毫未减。东京那边的公寓房间虽然拉上了窗帘，但想必室内捂满了热气。

"小陆，姑姑今天是最后一次接你啦！"美野里牵着小陆的手说道。两人的手掌都已被汗水沁湿。

"啊？真的？"

"也许下次见面时，小陆就是小学生了呢！"

"我不当什么小学生。"小陆盯着前方认真地说道。美野里笑了。

这天快到七点钟时，来接小陆的由利在玄关前照例向美野里道谢。

"这是送给你的微薄礼物，以表示我们的谢意。"她说完把扎着丝带的礼包递给美野里，然后蹲下对小陆说，"哎、小陆，快道谢！你快谢谢姑姑天天来接你。"

"谢谢！"小陆说完，又学着由利的样子伸出握住的一只手，"这是一百'泰伦特'，虽然不多，但这是我的谢礼。"

美野里把手掌伸到小陆的小拳头下方问道："是什

么呀？一百'泰伦特'？"

小陆把握着的拳头展开，却什么都没有。他好像只是做了个递东西的动作。

"小陆，一百'泰伦特'是什么呀？"美野里再次问道。

"啊？是……"小陆似乎答不上来，频频瞅着由利，"哦，是……零花钱。"小陆嘟囔道，然后就害羞似的低下了头。

"可能是在保育园里听故事了吧。他常常说些摸不着头脑的话，大都是圣经语录和儿童赞美歌的歌词什么的。"

"谢谢你送我零花钱，小陆。"

美野里说完想到，原来如此，这就是今天在告示栏上看到的语句。

"那好吧，我们回家啦！爸爸，妈妈，晚安！"由利从玄关前朝里面房间喊道。

"晚安！"小陆也学着喊道。

从起居室里露出珠美的面孔："由利、小陆，明天见啊。"

随后又传出父亲的声音:"路上当心!"

在飞机起飞时,美野里和十年前一样,把额头贴在舷窗上,注视着飞机场、城市、岛屿渐渐远去。天空越来越宽广,而十年前那种兴奋却已不再重现。但是,此时仍能清晰地忆起当时想要呼喊的激动心情。那种想去远方的冲动究竟是什么?她感到不可思议。

美野里走进位于永福町的那座续租的公寓,顿时感到房间狭窄得令她惊讶不已。她把房间里所有的窗户都打开,把浑浊的空气排出去。冰箱里的东西大半都在回乡前处理掉了,只留下瓶装的食品和调味料。她把管口变色的蛋黄酱、长霉的三文鱼片和受潮的紫菜取出来处理掉。

清理完这些,她从旅行包里取出洗好带回的内外衣物,收在衣柜里。然后,望着提包最里边的宫原玲的新书和登载着睦美所写报道的小册子。现在别说静心阅读,甚至连把它们打开都还无法做到。她把它们插到书架上，心想：总有一天我能做到。当我能打开它们，进行阅读时，也许就能开始新的生活了。

那天傍晚，美野里准备了一人份的晚饭。由于在老家住了五个月之久，此时清静的餐桌上只有沙拉、蔬菜炒肉和菜汤，这些晚饭令她感到格外孤单，同时也有久违的亲切感。她很快吃完晚饭，刚要打开电视机，却忽然想起什么，就启动了电脑。昨天在告示栏上看到的圣言犹在耳边，她想知道其中的寓意。

关于"泰伦特"的比喻，在某网站上可以查到，在《圣经·新约·马太福音》中好像有这样的寓言故事。

对于这则寓言故事，有各种各样的解释。网站博主这样写道："作为'泰伦特'这个词语的词源，也可以解释为能力、恩惠，但我将其理解为信仰。"看样子这位网站博主是基督教徒。美野里心想：有关信仰和宗教的内容自己肯定看不懂，于是关掉了网页。

"这是一百'泰伦特'……"美野里想起小陆的声音，轻轻一笑。小陆，你可真够慷慨大方的呀！

九月已经过半，美野里在某广告制作公司当了合同工。这是一家承包集团公司全部招聘广告的公司，员工有二十名左右，规模与她以前工作过的出版社相当。她现在既没有想做什么不寻常之事的打算，也没有工作五年后转为正式员工的旺盛热情。

在做好本职工作的同时，她还经过指导，学会了运用PS软件进行图像编辑。可她并没有进一步学习相关专业知识的愿望，每天就按上司的指示重复单纯的操作，也完全不会感到枯燥乏味。在工作近半年后，迎来新年之际，她虽然渐渐了解到部分正式员工与合同工之间的对立，合同工之间在业务上的竞争，以及公司方的阴险之处，但一直保持视而不见，佯装不知。

美野里虽曾预料恐怕再不会相见，但与她的预料相反，宫原玲仍不时地发来邮件，每次回到东京，必定联系美野里，并邀请她一起吃饭。宫原玲目前依然把中东作为支撑点，与大学时代相同，因为有人打了招呼，因为偶然在现场，因为受到邀约，就以这些理由找到采访对象，并赶赴现场或在当地逗留，过一两个月后回国，她过的就是这样的生活。美野里觉得，她并不是那种冒着生命危险追踪战事的记者,而是仅仅听到消息就"以简单的理由"持续取材。但即便如此,在美野里看来,宫原玲仍在持续向前迈进。虽然两人之间的差距不断拉大,宫原玲已是伸手难及之人,但美野里实际与她见面交谈后发现,对于自己来说,宫原玲并不那么争强好胜。

宫原玲目前的取材对象是约旦难民营里组建的女子足球队。这次也是在难民营取材时认识了波兰籍女教练,宫原玲就开始持续关注其动向。

"女性从事体育运动简直是大逆不道,这种观念根深蒂固。最初招募队员时,根本没人来报名。后来,由联合国难民署设立了体育专项,这才零零星星地有人应招。目前已有二十名左右的队员接受训练,将来也许能参加世界杯比赛,我希望看到她们实现这个目标。那位波兰籍教练原先也是来做志愿者的普通人,在本国是一位体育教师。但是,她的运动员之心被点燃,就辞了职,住在安曼市,并去难民营里做指导。"宫原玲虽然讲得非常起劲,却想不出该对度过毫无刺激的每一天的美野里说些什么。

"联合国儿童基金会的那个小西先生怎么样了啊？"美野里故意打岔问道。

"啊？怎么突然问起小西了？小西早就回国了，那边的事务现在由另一个人负责呀！哦，我再次说明，我和小西什么都不是。美野里不管长多大，都要戴着那种有色眼镜看人呢！"宫原玲认真地反驳，美野里忍不住笑了。宫原玲因倾慕泽和彦而加入志愿者社团，却撇开泽和彦，热衷于别的事情。与此相同，心怀善意地接近某个人，却不知不觉地只关注自己眼前的事情。对于美野里来说，这是遥遥领先的宫原玲一直未曾改变的个性。

当这样的宫原玲踏上取材的旅途时，美野里的周围仿佛立时安静下来。美野里对此没有任何不满，只是像复制粘贴昨天似的送走今天，过着风平浪静的日子。

这一天，美野里照常在位于西新宿的公司里上班。下午近三点钟，一阵从未体验过的剧烈晃动袭来，楼层里顿时惊叫声四起。位于综合大楼三层的公司内，文件柜里的书本和资料掉了出来，咖啡杯和相框落在地板上摔碎，办公桌的抽屉脱出，有几个甚至飞了出来。美野里注意到这种景象，是在仿佛永无休止的晃动结束片刻之后。她一直不明白发生了什么，本能地捂着脑袋钻到办公桌下。公司内的员工有的蹲坐在办公桌下，有的蹲在原地一动不动，有的浑身瘫软地抱着立柱。

晃动暂时停止，人们刚要从办公桌下出来，又发生了晃动。有人把窗户整个打开，美野里呆呆地望着窗外，只见电线杆在剧烈摇摆。

按照总经理的判断和决定，下午四点钟，全体员工下班回家。大家只把火源关好，连物品散乱的室内都顾不上收拾，就先想方设法各回各家。美野里依然不明白发生了什么事，也和其他员工一起离开了公司。有人说好像电车全部停运了，美野里就和回家方向相同的人们前往出租车车站，可这里已排起好几行长队。有人说"走回去吧！"，美野里他们就开始徒步前行。

美野里也不知这边是不是近道，夹在人群中间，走在方南大街上，完全没有了现实感。"我家在高井户，还算好。""远藤先生要走到千叶吗？""不能住在公司吗？""电话和邮件都完全联系不上呀。""听说震中是在东北地方。""煤气是不是停了？买点儿吃的东西回去吗？"步行的行列中不时发出这样的对话声。

走了一个半小时后，美野里回到了自己住的公寓。房间里的状况没有想象中那么杂乱不堪，橱柜门被晃开，摔碎了几个碗碟，书架上的书本全都散落在地板上，但并没有家具翻倒，煤气也没停。手机依然打不通，美野里用固定电话和家里联系。

"这边倒是没事儿，那边晃得厉害吧？你不要紧吗？"接电话的母亲语调悠闲地问道，"快看电视，简直太可怕了！"

美野里打开电视机，所有频道都在直播特别节目，画面上是人潮汹涌的涩谷车站，燃烧的石油储罐，还有街区被巨型海啸吞没的情景。美野里慌忙把电视机关掉，在房间里心神不定地转来转去。不知是余震还是错觉，她感到晃动还在持续。她不敢独自待在室内，就拿起提包走出房门。

在通往饮食店的步行道上，也有徒步回家的人们排成长龙。有几家饮食店沿街摆出餐桌，出售或分发饮品和食物。美野里路过平时下班回家途中偶尔会光顾的酒吧门前，这里也摆着简易餐桌，有些行人就在露天餐桌旁饮酒。到处弥漫着恐慌情绪，街道和商店，以及踏上归途的人潮中，都呈现出异常的高度紧张感。美野里走进酒吧，坐在吧台的空座上，点了啤酒和菜品。

酒吧的天花板下装有电视机，平时总是关掉声音，只放画面，而现在正在播放特别报道节目。店员和顾客全都默默无语地看着电视，美野里也在看，海啸的汹涌巨涛冲走街道建筑的画面在反复播放。美野里把视线从电视画面上移开，吃一口眼前的炸鱼和薯条，喝一口啤酒送下肚。她明明想回避看电视，可回过神儿来却发现自己依然盯着电视机。她听到轻微的叮叮叮叮的响声，这才发现自己在颤抖。原来是手在颤抖，指环碰在啤酒杯上发出了声响。

"那个……要不就去外边喝吧，如果电视画面让你感到不适的话？"正在旁边喝酒的顾客招呼道。美野里呆呆地转过视线，只见一个同龄男子正看着自己。若在平时，美野里会觉得这是搭讪而提高警惕。

"那就这样，谢谢。"美野里怀着得救的心情道谢，并向吧台内侧的店员招呼了一声，"我去外边的餐桌。"随即走出店门。

旁边那位顾客也端着自己的酒杯和餐盘出来，把正在吃的菜和酒放在简易餐桌上。

"摇晃得好厉害呀！"

"有生以来第一次遇到这么剧烈的晃动。"

美野里开始与向她打招呼的男顾客对话。

"我刚才也越看电视越觉得恐怖，觉得这怕是要中魔了，正在犹豫是换到外边来还是离开。"

"你是在步行回家的途中吗？"

"我住在调布市，算是半路歇歇脚吧。"

"刚才电视报道说涩谷情况挺严重。"

"据说有些酒店向回不了家的人免费开放呢！"

"我从新宿走回家,距离倒是不算太远……"

"虽然通不了电话,但据说推特还能发信息。"

美野里和那位陌生男顾客也像街道上和商店里的人们一样,由于恐慌情绪而无法停止对话。不管对话是否顺理成章,只顾言来语去地说着。时间快到八点钟了,那位男子说:"我还有一半儿路呢!上个厕所继续走。"这时,美野里差点儿不由自主地说出"我家就在前边不远,你去住一晚吗?",可这毕竟有些不对劲,于是欲言又止,跟着他付了账,然后和从厕所出来的他一起走出店外。

"谢谢你!"美野里微微鞠躬说道,"我刚才惊恐不安,能和你说上几句话,就好多了。"

"应该是我谢你。电视,还是等你觉得能承受时再看吧!要是担心受不了,最好先别看。"他说完刚要迈步,又回过头来,"哦,我姓山边,叫山边寿士。那好,回见吧!"那男子轻施一礼,随即夹在人潮中向前走去。

"我叫多田美野里。"美野里也慌忙回应,却不知对方是否听到了。

那天深夜，不知由谁牵头，"麦之会"招募志愿者的呼声通过群发邮件传了过来。这回群发邮件的规模更大，发送对象是所有在读大学生和已知电子邮件地址的前辈校友。

这封邮件发出呼吁：募集食物、饮料、生活用品等援助物资以及援助捐款，第一批志愿者预定本周六、周日进入当地。因此，凡是能来学校且有意参加援助的校友，请在本周末将援助的物资及资金送至M大学的指定教室。"麦之会"今后仍将视情况发展招募各种志愿者，希望校友们踊跃参加。

第二天即星期六的下午，美野里带着从房间里找出的食品和尚未使用的生活用品，前往指定的大学。目前是春假期间，校园里学生很少，非常清静。有的教学楼外墙部分脱落，窗玻璃上像是有裂缝，还贴着胶带。

美野里走向指定的教室，只见门口摆出了长桌，室内有很多人正在进行分类作业。

"您是'麦之会'的成员吧？请在这张表格里填写姓名和毕业年度。"近旁像是大学生的女孩说道。美野里在长桌上放着的研究报告稿纸上填写了个人信息。这里还摆着临时制作的募捐箱。

"啊，美野里！"美野里听到呼唤，抬头一看，是市子，"泽和彦和板东君也来啦！那个，是援助物资吧？我们正在分类呢！仔细分类后装箱。那边有购物袋和纸箱，你把它们打开。"

美野里放下带来的物品，然后把屋角的购物袋和纸箱打开，取出里面的东西。教室里核对物品名称和数量的喊声此起彼伏。"谁去事务局借一下手推车！""我是'麦之会'的校友，物资带来啦！"美野里毕业已近十年，这里的人绝大多数都不认识。但是，她感到瞬间回到了学生时代，不停手地持续作业。

"昨天，市子在哪里呢？"美野里在市子过来时问道。

"公司。因为是在十八层，所以带脚轮的椅子在地板上跑来跑去。"

"走着回家了吗？"另一个正在作业的女子问道。

"走啦，走啦！简直不得了呀，人山人海的！"

正在附近作业的人们都开始说起自己当时在哪里，走回家用了几小时。不知是亢奋依旧，还是心神未定，一说起来就停不下嘴。

"这么说来，玲最近在哪里？"市子像突然想起似的问道。

"还在约旦。她对发生地震非常惊讶。"美野里说道。

在发表儿童兵题材的纪实文学之后，宫原玲已经出版了三本书。其中一本是关于难民营生活的新书，另一本是关于在日本埼玉生活的库尔德人家庭。在今年的一月，又出版了一本她追踪一名原儿童兵脱离军队后回归社会的过程的纪实文学作品。宫原玲每次出版新书，都会毫不含糊地给美野里寄来一本。

"她在约旦做什么呢？"

"她在对难民营女孩儿们组建的足球队进行取材。"

今早天快亮时，宫原玲发来邮件询问美野里是否平安，说她那里没有电视机，看不到报道画面，但有很多人谈论日本的地震。

"如果她在东京，会立刻赶到这里来的啦！"市子正在纸箱上写品名。

昨天的那种"感觉"——有生以来第一次体验到的剧烈晃动，步行回家的人潮，在提供食品和饮品的店里的奇妙亢奋感，宫原玲对此一无所知，往后的事情也不会知道，美野里想到这里，感到匪夷所思。

由校友会组织的援助活动持续进行着。发生地震后的第二天，具体状况依然不明确，在次日清晨，募集并整理好的援助物资由以岩手县和宫城县出身的毕业生和在校生为中心组成的团体，用货柜车送往受灾地区。但是，由于信息纷繁错杂，再加上多条道路封闭，周边发生了交通拥堵，据说到达灾区的耗时超出了预期。紧接着，志愿者中心发出通告，要求暂停志愿者和个人捐赠援助物资。"麦之会"在进行每周末募集援助物资和捐款的同时，主要活动变成了收集当地信息。

到了四月，大学生们像美野里在校时一样，开始去各大学招募新人，举行说明会，策划迎新联谊会。但是，社团活动已与以往不同，目前主要集中于援助灾区方面。

美野里也在每周末参加校友会的集会。虽然这只是因为自己没有别的预约活动，但参加集会多少能冲淡惊恐不安的焦虑感。最难得的是，在各种信息和流言满天飞的状态中，该做什么，不该做什么，遵照"麦之会"简明易懂的提示而行动，美野里就能保持坦然的心态。

美野里第一次参加前往灾区的志愿者活动是在五月的黄金周期间。当时各地都设立了志愿者中心，众多志愿者奔赴灾区。目前，还有用大巴车载送报名者前往灾区的各种志愿者旅行团。"麦之会"的大学生们也各自安排日程，进入当地，进行定期活动。

由校友会组成的"社会人部"还与在此次震灾后设立的非政府组织合作，提供赈灾膳食。美野里听到消息，就提出免费分发乌冬面的方案，得到赞同后，就预定在黄金周同大学生们组队前往当地。

两辆货柜车，总计十二人整装出发。美野里原定四晚五天的日程，而其他参加者则根据各自情况逗留一到两个星期，住自带的帐篷或当地的民宿。克宏舅舅听美野里说她参加了灾区重建活动，就与签约的制面厂商议免费援助乌冬面和浇汁。

他们在天没亮时就装车出发了。东北高速公路车多拥堵，在仙台市前方下高速时，早已时过正午。美野里在车中听说，远藤翔太目前就在东北地方。

"在没有任何信息的情况下，三月十三日上午，'麦之会'的几个人就已乘车向灾区进发，由原籍松岛市的佐原君引领。"美野里在大学时代就已熟悉的神田宽美说道。她在泽和彦毕业后担任本社团的负责人，也积极参加了"社会人部"的活动。

"不知翔太从哪里听到的消息，上来就说了声：'可以在半路把我放下，让我搭车。'据说，在当地分别后，他一直住在那里拍摄纪实照片。嗯，翔太做的事情，要说和大学时代没什么区别，也确实没什么区别。"从她说话的语气中，听不出她对此事做何感想。

翔太在两年前获得摄影奖后，借用宫原玲的话来讲，他好像还在为自己的雄心壮志奋勇向前，常常能在网站和新闻杂志上看到他的名字。虽然可以想象他在心中燃起了强烈的使命感，要对此次从未体验过的大地震进行记录，但也不必以无法去灾区为由而利用平时不太联系的"麦之会"的活动。美野里心情有些复杂。

市区的柏油路面呈波形拱起并有剥落，路边停着机舱盖被掀开的汽车和几台连环追尾的汽车，像是已被遗弃。不过，这里还没有倒塌的建筑物，仍有人照常在街上行走。货柜车驶入避难所附近的高中校园，这里设有大大小小的各式帐篷，据说是志愿者们的营帐村。

校园角落里有一座组合板房，那里就是志愿者中心。被指定为本团队领队的男生老练地把大家带到那里，在板房里告知大家日程安排。

这个村里有七处避难所，住在里面的人们会委托志愿者协助整理自己的家，排出屋内泥水，代为购物，等等。需要志愿者每天去听取委托事项，然后按人数分工，各自完成任务。制作分发乌冬面分早、中、晚，巡回各处避难所，此外的时间，炊事班也要协助进行清理作业。

他们穿上厚底长筒靴，戴上作业手套，跟着领队的男生从营帐村走到海岸地带。视野范围内的建筑物大都已被荡为平地，虽然这种情景与连日电视报道的画面相同，但依然产生了强烈的冲击力。美野里不忍直视，低头前行。现场有很多人像美野里他们一样在集中进行清理作业，各处还分布着重型工程机械。

他们按照提示，从倒塌损毁的房屋残骸中移开榻榻米，搬出家具，用铁锹铲出淤泥，然后把援助的生活用品一袋袋分开，放在指定位置。

美野里只盯着自己的手边，集中注意力进行作业。无论她多么想思考问题，大脑都像麻痹了似的，根本无法运转。虽然耳边听见多次来过的大学生和"社会人部"的同伴们故作爽朗的说话声，可听起来却像是不具有任何含义。

从淤泥中出现了破碎的餐具、布娃娃和初中教科书，按规定，破碎和脏污严重的物品可以扔掉。窗玻璃、平开门衣柜、和服、竖笛、某些碎片、书本、餐具、儿童用餐叉……，有的破损得失去了原形，有的沾满了泥浆，但每一件都能使人历历在目地想到曾经住在这里的人的生活。美野里感到鼻子一阵酸楚，眼眶发热。她一边在心中默念"别哭，别哭"，一边继续操作。海风的呼啸声格外大，重型工程机械的轰鸣声混杂其中。

学校、公民馆、寺院、社区中心等，避难所的设施和规模也是多种多样。

美野里和炊事班把带来的煮饭用的煤气灶、大锅，还有罐装水和食材搬上手推车，运到指定的设施，然后把锅灶安装好。他们制作的乌冬面只有酱汁干拌一种，撒上前夜切好的葱丝儿、剁好的姜末和蓬莱屋的炸面衣。如果有人需要，还备有生鸡蛋。他们用十三升容量的大锅煮面条，然后把煮好的面条放入圆筒锅里的凉水中过一下，盛在塑料碗里，转着圈撒上葱丝儿、姜末、炸面衣和浇汁，递给已经排好队的人们。即使在这里，美野里也是边盯着自己的手边进行操作。

"这可是正宗地道的赞岐乌冬面呢！""需要鸡蛋的话从这里拿！""请把蛋壳扔到这里！""需要加浇汁的话请说一声！""需要追加面条的话请别客气！"

"麦之会"的学生们用爽朗的嗓音高声吆喝。

他们都已相当熟练，动作也干净利落。四月，东北地方寒风袭人，猪肉酱汤和煮芋头颇受欢迎，这是在车中听他们说的。干活麻利的大学生们使美野里想起在蓬莱屋打工的年轻人。

"乌冬面，好硬啊！就这样，能吃吗？"

"应该说是很筋道！筋道是赞岐乌冬面的灵魂呀！"

"哦，这可太好吃啦！"

"好吃吧？再来一碗吗？"

美野里只听对话声，依然不敢抬头。她只顾埋头煮面条，圆筒锅里的凉水变浑了就换掉，然后继续把煮好的面条放在里面过一过。人们接过乌冬面，各自找个地方去吃。

"哦！太好吃啦！谢谢！"有人过来把吃完面条后的容器扔进垃圾桶，说道。

美野里猛地抬头，说了声："谢谢。"

"'谢谢'是我们应该说的嘛！"一位穿着长棉坎肩的老婆婆朝美野里笑着说道。

美野里点头致意。

"别哭，别哭……"她一直低着头在心中默念。

美野里与翔太同乘"麦之会"从灾区返回东京的车是在八月底，他似乎已和领队约好到福岛下车。那个坐在副驾驶席的学生姓岸田，现在担任"麦之会"的代表，美野里也曾和他一起去过几次灾区。

"各位同学请多关照。"翔太上车后向成员们打招呼，看到美野里，就举起一只手说，"噢，好久不见。"

坐在美野里旁边的学生看到后说："请坐这儿吧！"随即换到前边的座位，让翔太坐在了美野里旁边。

"你一直在拍照片吗？"美野里问道。此前最后一次见到翔太是在什么时候？她一下子想不起来，觉得那是很久以前的事情，他们已很久没像以前那样相互联系了。美野里看过翔太拍摄的获奖照片，看到之后心情难以平静，曾回老家住过一段时间——这些事翔太都不知道。

"一直在拍。"翔太答道，"美野里是在……做志愿者？"

"嗯，五天时间，利用公司的暑假。"

"黄金周是志愿者活动的高峰期，但人数也渐渐减少了，所以还希望'麦之会'进一步努力呀！"不知翔太在对谁说话，他开始整理放在脚边的相机包。

黄金周过后，美野里依然作为"麦之会"的"社会人部"成员每月利用一次周末去一趟灾区。蓬莱屋提供乌冬面持续至今，美野里自己不去时就送交驻当地的成员，她去时就亲自煮制面条分发。最初参加时，她甚至不敢抬头环视周围，而现在已经能和避难所的人们谈笑风生了。

但是，这一天，回东京的车中却气氛沉重。因为今早煮面条分发时，大家因拍照片而遭到了一个陌生男子的怒斥。

将"麦之会"活动现场的情景定格在照片上,这是美野里从大学时代就有的惯例。除了留下社团活动的记录之外,她还常常制作相册或照片书寄送给当地的人们。因此,美野里和学生们对拍摄纪念照片毫无抵触,而且并非今天才开始这种摄影,还曾多次同避难所的人们合影留念。

今天早上,美野里在饭后开始收拾之前,记不清是谁召集的,"麦之会"成员们在锅灶前集合,拍了照片。在拍过一张之后,他们换了个人又拍了一张。这时,遭到一个中年男子怒斥:"不许你们拿别人的不幸当纪念!"

岸田立即道歉说:"对不起。"

"再不要来了!"那个男子甩下这句话就走了。

学生们顿时沮丧万分,一位比美野里年长的"社会人部"成员说道:"我认为有必要拍照记录,不过今后拍照时要考虑得更周全些。"听到他的安慰,大家像什么都没发生似的开始收拾物品。

"以前也有人对我们说过'滚回去',不过各种想法的人都有,也是无可奈何的事,能知道还有人那样看我们倒也好……"几个人像是为了掩饰尴尬心情,边收拾边说,但还是消除不掉尴尬的气氛。在对此一无所知的翔太上车出发后,车内依然静默无声,美野里也默默无语地望着车窗外。

她沉默既不是因为像学生们那样沮丧万分,也不是因为遭到那男子怒斥而深受打击,而是因为清晰地看到了男子眼中的自己和伙伴们的形象。

年轻,充满正义感,满怀行善的意愿,动不动就哭却不会照顾他人的心情,随意自然地撒欢,甚至拍摄纪念照,什么都没失去且从未失去过的天真无邪的群体。

不,不是那么回事儿,乘上这辆车的所有人都这样认为,美野里自己也这样认为。她想:我们不想伤害任何人,也不想惹人不愉快,只是自然而然地想做力所能及的事情,既没有得意扬扬,也没有自我感觉良好。可是,就算自己这样主张,在刚才那个男子的眼中,我们却完全是另一种形象。这怎么可能呢?而对他来说我们就是那样，只有那一种事实。

关于记录社团活动的照片，今后也许要开会商讨并做出某种改进吧。要尽量避免对任何人造成意外伤害和不愉快，而且同样要避免对我们自己造成伤害和不愉快。

美野里知道，自己来到这里并非出于善意。在三月的第二个星期六前往大学的教室，从黄金周开始定期前往灾区，那时她还认为自己并非出于善意。不过，由于刚才那个男子说出的话，自己正在做的就变成了善事，自己就成了有志于帮助他人的"一方"。

美野里想到这里，突然产生了疲劳感。在想到自己在做善事的同时，就会产生不愿参与的念头，这是为什么呢？想自我辩解并非如此，这是为什么呢？

"翔太居然还能毫不犹豫地端起镜头拍照呀！"美野里说道。

途中在高速公路服务区休息时，美野里和翔太并排坐在自助售货机前的长凳上。她并没有挖苦翔太的意思，而是坦率地有感而发。翔太确实在地震发生的第三天就前往灾区了，想必也已看到令人痛心的情景和惊悚的场面，也会遭到失去无可替代的人和物的灾民的怒斥，不许他拍照。

"那也是出于使命感吗？"也许在那种使命感中还包含着个人的野心，可那绝不应该受到指责。美野里心想：如果不具有强烈的信念，那种举动极难做到。

"而且也是工作。"翔太说着把罐装咖啡端到嘴边。

"刚才有人向我们说不要再来了。真有人会那样想呢！"

美野里看到去过卫生间的人们返回车里后就站了起来，把空罐扔进垃圾箱后朝车那边走去。

"因为有人那样说，你就想放弃吗？"翔太从她背后问道。美野里回过头去。

翔太不等美野里回答，继续说道："不是所有人都会高兴地举着双手说，感谢你们来。如果你是因为期待这个而来，那还是放弃为好。"

"我没那样说。"美野里有些恼怒地反驳道。

"不管你做什么或不做什么，都会有人说这说那！

不管别人怎样恶毒攻击,既然你决定要做,就要坚持。如果不是这样的话,那就干脆不要开始。"翔太说完,朝车那边走去,美野里跟着他上了车,虽然还想反驳,但不知怎样说才好。

从宫城县来到福岛县一带,货柜车从高速驶入普通公路,并让翔太下了车。

"翔太,你可别跑进警戒区域里去呀!"翔太下车时,一个好像已经熟识的比美野里年长的成员半开玩笑地说道。

"我不会给'麦之会'添麻烦的。岸田君,谢谢啦!"翔太背上旅行背包,肩挎相机包,扬起一只手沿公路走去。

货柜车超过翔太,美野里回头朝翔太望去,转瞬之间,翔太的身影已然远去。

"我羡慕翔太。"美野里想起宫原玲说过的话。对于翔太来说,罪恶是一个方面,正义是一个方面。美野里现在的想法也完全相同,她很羡慕做正确的事情的翔太。翔太会毫不迷惘,毫无罪恶感,甚至连禁止入内的区域也要进去吧。在那件正确的事情面前，就连伤害某些人和伤害自己都毫不畏惧。美野里对这种信念羡慕到了极点。

美野里到达东京时已是傍晚时分。她把脏衣服和手套放在洗衣机里清洗，然后进了浴室。

"该放弃了吗？"美野里泡在浴缸里，心中嘟囔道。自己虽已不像过去那样总想着要帮助他人，要做有意义的事情，但是否要放弃思考什么是好事什么是坏事呢？美野里侧耳静听。

"该放弃了吗？"她试着嘟囔了一声。浴室里寂静无声，只有凝结在天花板上的水滴落在浴缸里，发出微弱的声响。睦美不来了吗？美野里翘起嘴角笑了。睦美不会再像对玲那样跟我搭话了吗？

美野里从浴室出来后，用毛巾包住湿发，来到餐桌旁。她启动电脑上的邮件软件，打开发送新邮件的界面，输入"我去灾区时见到翔太了"。

很久以前玲说过的吧？对于翔太来说，正义是

一个方面。我也完全明白这个了，去灾区做志愿者活动绝对是善事。

美野里写到这里，按了退格键，稍稍考虑后，重新输入。

在很久以前，还是大学生的时候，玲说过厌恶做出好人样子的自己，对吧？为什么会那样想呢？我以前就讲过自己和"麦之会"的前辈会员们一起去灾区的事，一旦被分类到"做善事的一方"，我就突然开始怀疑自己要做的事情，这是怎么回事儿？久别重逢的翔太曾对我说，如果没做好心理准备就别参与。翔太确实像玲说的那样，对于他来说，正义是一个方面。这让我非常羡慕。

美野里一鼓作气地写完，从头读了一遍，虽然感到内容与想传达的意思似乎完全不同，但还是一字未改地发了出去。她只是希望像过去那样和很久未见的宫原玲说说话。

美野里和山边寿士在初次见面的酒吧再次邂逅,是在她最后一次去灾区后又过了两个月的秋季。那天,美野里坐在吧台边的座位上,边吃饭喝酒边看书。

"那个,要是我认错人就请原谅,我们以前在这里……"美野里听到有人打招呼,回头一看,斜后方站着一位男顾客。美野里此前一直只能模糊地想起他的面孔,可现在一看就认出来了,她不由自主地起身回话。

"晚上好!是的,我们以前在这儿见过面。那个,如果可以的话,请坐。"美野里指着旁边的吧凳让座。

"果然是你呀!啊,太好啦!"那男子说着坐在美野里旁边。

"我在今年九月搬家了。三月曾在这里喝酒的事儿也已经记忆模糊,可是从门口路过,就又想起这是那次休息过的店,已经来过几次。说感到很怀念,也许有点儿奇怪。"寿士说道。

八月底是最后一次去灾区，美野里已经停止前往现场了。倒也算不上取而代之，她每周会有一两次在下班归途中来这家酒吧。虽然每次进这家酒吧时心中都会为自己找借口——因为做晚饭太麻烦，因为要在这里专心致志地读书，因为想小酌几杯。但在今天和他邂逅时不得不承认，自己其实是想再次见到这个人。那天自己一直惊恐不安，为了找个人多的场所待着，才来到这里。

"可是，我的眼睛像冻结了一般无法从电视画面上挪开，所以谢谢你带我去了店外……"美野里心里想这样说，却改了口。

"我也常来这家店，可是没碰到过你啊！你家在哪边儿呀？"美野里问道。

"过了河那边。"

"是在我家相反的方向。"

"哦，先让我们为久别重逢……"寿士端起放在眼前的啤酒杯，美野里也端起喝剩下的啤酒和寿士碰了杯。

美野里虽已不再去灾区，但依然会每月去一次"麦之会"的"社会人部"集会帮忙。这倒不是因为那次在灾区有人说"再不要来了！"，而是因为领会了翔太说的"不管别人怎样恶毒攻击，既然你决定要做，就要坚持。如果不是这样的话，那就干脆不要开始"。

让翔太在福岛半路下车后的那天晚上，美野里曾因被归类于"做善事的一方"而产生了疲劳感，在尚未理清思绪的状态下，就给宫原玲发了邮件。宫原玲回复邮件是在三天之后。

来往于东京和约旦之间的宫原玲，除了对女子足球队进行追踪取材之外，还常常撰写有关难民营生活和爆发内战的叙利亚形势的报道。但是，她也因此而受到指责："日本发生了前所未有的大地震，你为什么偏要替外国诉苦？"宫原玲在邮件中提到了这种情况，还有对自己在毫不了解国内灾区状况的情况下而产生的莫名其妙的罪恶感。

美野里和"麦之会"的人们去做志愿者活动，

我很羡慕而且感到欢欣鼓舞。你没必要因为翔太说的话而心里受伤，量力而行，继续加油！

宫原玲在邮件中还写了这些话。

"没必要因为翔太说的话而心里受伤……"美野里对这句话沮丧得连自己都感到惊讶。自己并非心里受伤，而是想：如果也能像翔太那样心怀正义之类的信念该多好啊！若能如此，不管是真正的善行，还是伪善，都能朝着自己笃信的方向迈进。可就因为自己没有那种信念，所以才总是烦闷不已。难道这不奇怪吗？她想对宫原玲讲讲这些话，觉得宫原玲会理解她，美野里当时意识到了这一点。她同时还意识到，自己其实是想对大学时代的宫原玲这样讲。此前遥遥领先的宫原玲，现在已走得更远，且难以望其项背。

与宫原玲的激励相反，美野里的结论是她恐怕再也不会去灾区做志愿者了。连目前依然参与的"麦之会"的集会，恐怕迟早也会放弃。因为如果去了那里，反倒会觉得不去灾区是件坏事。

美野里虽然预感到自己不会再去"麦之会",却并未因此而受到罪恶感的折磨。她模糊地感到,这大概多亏了在发生地震当晚,在这里遇见的那位男子。

发生地震的那晚,初次见面的这位男子看到电视上的海啸画面时说:"我刚才也越看电视越觉得恐怖,觉得这怕是要中魔了,正在犹豫是换到外边来还是离开。"

在往返灾区的数月之间,美野里自己也曾不经意地多次想起这句话。如果感到有可能中魔,离开这里就好。大概因为那时他还说过,最好等到觉得能承受时再看电视,要是担心受不了,就先别看。他的那些话相互发生作用,不知不觉间在美野里心中任意地改变了含义。

如果恐惧得腿脚瘫软,感觉会中魔,从那里逃开就好。如果只想看到纯洁的事物,只把眼睛朝向纯洁的世界就好。不管这是漂亮话,还是骗人的话,总之这样就好。在你觉得一切平安无事之前,只要这样就好。现在自己需要的并非来自远方的"加油"这个词,而是这一类话语。美野里就是这样的想法。

美野里和寿士并排坐在吧台前,继续着无关紧要的对话。寿士说他在电影发行公司工作,美野里说她是合同工,在做事务工作。两人各自追加了啤酒,打开菜谱,再次点餐。头顶上方的电视机在无声地播放老电影。

"上次的事,谢谢你了。"美野里说完仍坐在吧凳上点头致意。

"啊?我没做什么呀!"寿士认真地说道,"或者说,该我谢你。"不知为何,反倒是寿士伏在吧台上似的深深低下头。

"其实,我是想再次见到你,才又去了那家酒吧好几次。"寿士这样告白是在过了很久的蜜月旅途中。

那次在酒吧里重逢之后,也是因为双方住所离得不远,两人就常常一起去喝酒了。交往一年后,到了谈婚论嫁的阶段,寿士去美野里的娘家拜访,美野里同寿士的家人在东京都内聚餐,寿士的父母旅游时顺便来到高松市，两家人见面聚餐，然后在二〇一二年的秋天，提交了结婚登记申请书。

二〇一三新年伊始，美野里和寿士安排了类似蜜月旅游的行程。按照寿士的意愿，这次六天五晚的旅行去了他曾看过的电影中出现的泰国曼谷和其他岛屿。

延伸至海滩的长长的大道是岛内主街，两侧鳞次栉比的客栈和餐厅是游客的目标。沿岸餐厅都在沙滩上设置有露天餐位，一到天黑，就骤然变得热闹非凡。每家餐厅都用各自安装的喇叭大音量播放电音舞曲，餐厅之间夹着只有屋顶的俱乐部，年轻游客在里边摩肩接踵地跳舞。

在岛上逗留期间，寿士和美野里白天或在透明度极高的海水里游泳，或坐在沙滩椅上读书，天黑之后就去主街上的餐厅吃饭。两人吃完饭，就沿着热闹的沙滩散步，或坐在酒吧的露天餐位上喝鸡尾酒，或坐在沙滩上观望那里的表演。每晚八点钟一过，某餐厅前就开始表演火把秀。在沙滩上，表演者分成两队，相互投掷点燃的火把，还一边跳舞一边抛接，游客们围成一圈，看得着迷。

这天晚上，两人也在漫不经心地望着火把秀的场面。

"其实，我是想再次见到你……"寿士说道。

"我也是呀！"于是，美野里也坦率相告，"我去地震灾区做志愿者活动，却觉得自己什么都做不了，已经身心俱疲啦！说不清为什么，我还想和那次在酒吧一起喝过酒的人喝酒，就独自去过几次。所以能见到你，非常高兴！"

"这不就是心有灵犀吗？"寿士说完，美野里笑了。

"感觉好像那天不知发生了什么，真的是惊恐不安，所以即便是当时在一起只说过一两句话的人，哪怕是陌生人，也会产生不可思议的连带感或亲近感呢！"寿士说道。

在温热的夜晚空气中，美野里望着交错飞舞的火把，怀着不可思议的心情听寿士说话。自己一想到在灾区制作赈灾膳食、清理现场是做善事，就会立刻产生厌烦情绪，在大学教室里，像回到学生时代一样边谈笑边作业，却突然认为那是"不慎重"的事情。而对于那样的事情，寿士却用完全不同的表达方式戳中了真实，美野里想道。

当时确实是惊恐不安，如果身边没人陪伴着说说话、逗逗乐、动动手的话，那可真要被吓得精神崩溃了。虽然并没失去什么，但害怕也是无可非议的事情，美野里和寿士交谈时这样想道。

二〇一二年的秋天，寿士和美野里没办正式婚礼，只邀请了几位朋友，在东京的某餐厅举行了婚礼晚宴。市子和实惠都来参加了，宫原玲不在，也没告知会缺席。时近年末，已返回东京的宫原玲才发来邮件，为缺席美野里的婚礼表示歉意。信中说，在几个月前，自己所尊敬的前辈在邻国取材时被卷入战事而身亡，自己一时茫然自失，为按期完成承接的业务已竭尽全力，就没能及时查看邮件和回信，缺席美野里重要的婚庆活动，实在抱歉。

宫原玲信中这些话，美野里完全能够理解，这与自己那次身心俱疲地回到家乡是同样的心境吧。宫原玲在那种时候不可能有心思参加在东京举行的婚宴，这也完全能够理解。可是，不知为何，美野里没能向宫原玲送去充满温馨的话语。她甚至想起去年夏天收到的邮件，觉得可以理解外界对宫原玲的指责——在日本发生前所未有的大地震时，你为什么偏要替外国诉苦？结果宫原玲既不了解地震的状况，也没体验到那种"感觉"，想必她把在东京的朋友们也放在次要位置了吧。美野里产生了偏执情绪。

玲因为有自己该做的事情，所以完全不必在意。玲在玲的世界里量力而行地加油吧！

美野里发出这封简短的邮件，心里想着说不定这是发给宫原玲的最后一封邮件了。

火把秀换了一组表演者，年幼得令人惊讶的幼童和初中生那么大的孩子一边投掷火把一边舞蹈。看样子那幼童还只有五六岁，两人都赤裸上身，穿着白色长裤，光着脚跳舞。每当他们在舞蹈过程中准确地抓住高抛落下的火把时,周围观众就爆发出掌声和喝彩声。

"噢!真棒!年龄那么小,太棒啦!"寿士也喊起来,"那样居然都能接住,还跳着舞。"他张着嘴看呆了。

如果是独自观看火把秀,自己或许会同情那个幼童,美野里在寿士旁边想道。他们是否已经上学?总之年龄还这么小,每天都要做大量练习,恐怕也曾多次因不成功而被火把烫伤过吧。这应属于未成年人劳动吧?其实自己现在多少也会有这种想法,但并不认为只有这才是唯一的真实。虽然年龄这么小,却不怕火,这就比什么都强。而且他的舞感特棒,充分发挥了优越的身体能力。自己之所以能这样想,正是因为同直率地说出"噢!真棒"的寿士在一起。

美野里在和寿士交往热络之际,曾不经意地说起过去的事情。美野里说,自己在大学时代曾加入志愿者社团,以前还曾在翻译出版外国作品的出版社就职。寿士说,由于哥哥没有子承父业,而是进了公司,所以自己在大学毕业后就开始帮着家里从事庭园营造行业。

当时，美野里完全想象不出在电影发行公司工作的寿士修剪和采伐花木的场景，就把这个想法直接说了出来。

"对吧？我也想象不出自己做那种行当时的样子，即使是在做得正起劲儿的时候。"寿士说着笑了，"我发现自己绝对缺乏那方面的'泰伦特'，所以还是应该涉足自己喜欢的领域。于是放弃了庭园营造业，进了电影发行公司。"

"你说的'泰伦特'，是《圣经》里的那个'泰伦特'吗？"美野里不禁问道。她虽然还记得《圣经》里的寓言故事，可当时还不明白这个词的准确含义。

"哦，不好意思，我只是装门面说说而已。'泰伦特'就是……，你看，不是说这个词是源自'才能'吗？比如说我吧，出生在庭园营造业家庭，那些操作从小就耳濡目染，拥有那么得天独厚的环境条件，可我却根本不适合做那一行。先不说我缺乏才能，我本来就对那方面的工作没有爱心嘛！"寿士温和地笑着说道。

"我对现在的工作也感觉不到爱。"美野里终于说了出来。

然后，她觉得寿士接下来可能会热切地讲述关于对工作必须有爱心的道理，于是准备洗耳恭听。可寿士却这样说道："哦，以树木花草这些生物为对象时，你是否有爱心，它们是会感觉到的。当感到你没有爱心时，那些家伙马上就会发起强烈报复，让你的期待落空。"

寿士笑了，接着说："因为比我优秀的匠人多的是，所以当我说出不想干时，老爷子明显松了一口气呢！"

美野里望着火把秀，想起了当时的情景，便说了句："年龄那么小，就显示出了超高的'泰伦特'！"

虽然她现在仍不完全明白"泰伦特"这个词的含义，但觉得就像当时寿士所说的那样，是表示"才能"的意思。

手执火把的表演者又换回成年人，伴奏也变成快节奏的乐曲。两个成年人握住点着火的长绳，开始像跳大绳那样摇起来，刚才那两个孩子毫不迟疑地跑过去跳起了火绳。一个像是主持人的男子拿着话筒用英语说："哪位想跳？请这边来。"于是零零星星地有几个游客站了起来。

"跳吗？"寿士问道。

"绝对不跳。"美野里立即答道，"你跳吗？"她向寿士问道。

排好队的游客听从主持人的指令跑向火绳并原地跳跃，然后听主持人的指令从绳下跑出。当几个游客跳过火绳之后，似乎觉得没那么可怕，又有全家偕行的孩子们过去排队。摄影师抓拍游客跳火绳的瞬间，当场成像，将快照卖给游客。

"我去一下。"寿士说着站起身来，美野里吓了一跳。

"啊？你真要跳？"

"算是个纪念吧！而且人家还帮着拍照片。"

寿士排在队尾。

美野里像在考虑他人的事情般想到，自己依然在做不感兴趣的工作，大概不久就会辞职吧。要不要转为正式员工，已经是时候做出决断了。自己虽然对目前的工作并无不满，但如果有了孩子，就会很轻易地做出辞职的抉择吧。

如果有了孩子……，美野里开始思考。

世界上连续不断地发生令人感到恐惧的事件。叙利亚内战日趋激烈，去年夏天有约二十万人逃到邻国，在叙利亚对内战进行取材的日籍记者丢了性命。主张女孩儿也应接受教育的十五岁巴基斯坦少女遭武装组织枪击，一度命悬一线。而在我们生活的国家和城市，也不知会发生什么事情，完全无法预料的事件、事故和灾害……

但是，目前毫无必要考虑那些。如果怀上孩子，生了就好，但愿孩子能在这个世界上无所畏惧地生存下去，只有把孩子抚养成人……，美野里想道。

而且，当世界各处、日本各处、东京各处发生不测之祸时，不必思考自己是否与其相关联，不必思考是否需要自己做些什么，不必思考自己能够做些什么，如果感到难过，只需挪开视线就好。以前也曾和宫原玲、翔太一样，总想了解些什么，接触些什么，这些全都忘掉就好。说声"我并没有什么必须增添的'泰伦特'"，然后付之一笑就好。

现在轮到寿士跳火绳了。主持人发出信号，可寿士却怎么都迈不动步。

"加油！冲！"美野里喊道。

寿士冲了出去，表情严峻地跳了一下、两下。然后，他在主持人的引领下从火绳中跑出，随即朝美野里使劲挥手。

二〇二〇年

美野里第一次从电视新闻中听到发现了新冠病毒，是在二〇二〇年的一月。但是，她并未意识到事态会严重恶化，只是模糊地觉得：这么说来，以前也曾有过名为"SARS"的传染病呢！

在一月底，新闻中开始报道国内也出现了感染者的情况，观光游轮中的感染有所扩大，在屋形船和出租车上……，新冠病毒相关的消息迅猛增加。尽管如此，美野里和寿士仍未意识到事态的严重性，不知为何，乐观地以为疫情很快就能平息。

寿士预定三月去香港、五月去法国参加电影节，美野里则向小陆提议，在春假时再次进京，观看持丸凉花的训练。凉花在通信公司工作，好像到了周末才重点地进行训练。美野里发邮件问她可不可以带自己的侄儿一起去参观，凉花回信说随时都可以。

小陆说他的春假是从三月二十五日到四月六日，于是商定小陆三月二十七日来东京，逗留三天两晚，并得到了由利和启辅的同意，约定在二十八日、二十九日去参观凉花的训练。

美野里一边商量小陆来东京的安排，一边问他是怎么知道曾外公清美年轻时当过田径选手的。

虽然小陆回答是在旷课期间整理清美的房间和帮做家务时从清美本人那里听说的，但美野里觉得无法理解。据她个人所知，清美对自己的事情一概不谈，可为什么却对小陆开了口呢？！

　　小陆：我倒也没死缠硬磨，只是说："如果无人知晓，就等于什么都没发生。我对谁都不会说，讲讲过去的事儿吧！"曾外公这才告诉我一点点，真的是一点点，不是全部，没多说战争的事儿，就告诉我一点点。

小陆发来信息说道。

美野里：一点点是什么事儿？

美野里再次问道。

小陆：当时家里很穷，筹集上大学的资金都非常艰难。因为擅长跑步和跳高，所以就想在大学里好好练练，可还没毕业就被送去了战场，回来后，家都没了。乌冬面馆原先是曾外婆的家，曾外婆让他免费吃乌冬面，朋友没能从战场上回来，还有这个那个……

对于一无所知的美野里来说，这不能算作"一点点"。小陆把这些碎片式的信息告诉了她，但美野里依然无法想象讲述这些往事的清美。

美野里：为什么以前连小陆都不告诉我呢？且不说战争的事，当过全国性的运动赛事的参赛选手，这本来就相当了不起嘛！

美野里不能不心怀疑问。

小陆：这事儿是在最后的最后才告诉我的。曾外公上大学时擅长体育运动，我是在去年暑假时听说的，觉得顶多就是体育课成绩好，没想到他会参加全国性的运动赛事。可是，上次不是在高松市体育场进行过残障人田径项目的强化集训吗？我尝试了戴眼罩跳远，之后凉花还来过咱家，再后来曾外公就主动开始讲了。在大学时，他作为代表选手参加过大型运动会，去上大学也是因为想搞田径运动，还保持着自己的纪录。不过，他和那个凉花相遇的东京的练习会，这事儿他没说，我是从姑姑这里知道的。

美野里虽然读了小陆的回复，但还是觉得不管自己怎样问，小陆怎样详细回答，心中疑惑不仅难以拂去，反而会更加强烈。因此，她打算在三月底小陆来东京时充分地听他讲述。刚好那时寿士去香港参加电影节不在家，所以时间很充裕。如果直接交谈，至少比网聊更能全面地理解，而且感觉更加可信。不，没什么可信不可信，这实际上就是清美在对小陆讲述过去的事情。

可是，到了二月中旬，寿士却说："香港电影节延期了。说不定事态比咱们想象的严重得多。"

"那不是因为新冠病毒吧？"美野里问道。

"不，官方网站提到了新冠病毒。"寿士答道。

正如寿士所讲，随着时间一天天过去，感染者人数持续增加，还报道了感染者发表的体验谈。"密接""社区感染"等陌生词语满天飞，而且不觉之间，已在日常生活中固定下来。美野里和寿士此前几乎从没戴过口罩，现在也不得不找出大扫除时用剩的口罩戴上。公寓附近的药店和超市里的口罩已经断货。

山下亭开始给店员们分发口罩，美野里就用发的口罩，而寿士则把一次性口罩清洗后继续使用。

山下亭暂停了准备已久的商厦展销会，善于挑战逆境的贤太郎在美野里看来显得乐观向上。他立即开启了在线商店，开始网售烘焙糕点和咖啡豆。而且，他突然提出"今后的目标是可持续发展"，决定在疫情平息后，定期举办全体学习会。

奥运会怎么办呢？这样的声音随处都能听到。虽然没有任何依据，但美野里自己预测，到了夏季，疫情应能平复。二月底，政府要求所有学校停课。这时，美野里终于意识到事态极为严重。

"无论怎样讲，来这边已经是不可能的了。"

因为寿士在起居室里看影碟，美野里就到阳台上给小陆打电话。虽然还是三月，但夜晚的空气已有些温乎的感觉。

"也许去东京没事儿的。"

"不，恐怕有点儿难吧。哦，小陆，你要跑步传递圣火吗？"

"不，我没申请。报名截止时间是去年八月底，我那会儿又不了解曾外公的过去，觉得没什么关系，就没申请。可现在一想，要是报名和曾外公一起去跑就好了。"

"你曾外公还是不能跑步吧？"美野里说道。

"曾外公坐轮椅，我推着跑啊！"

"可那样小陆就没法儿举圣火啦！"

"肯定是曾外公举嘛！他原先当过田径运动员，让他举圣火，我来推轮椅。"

"啊，对呀！那样就能跑啦！"

"可是已经来不及了。要是奥运会延期举办，我就报名。不过，要是延期的话，既定的火炬手可能也会顺延呢！"

美野里边点头边俯瞰楼下的市区，前方不远处可见通往车站的商业街灯火闪耀，从公寓和民宅里也漏出灯光。平时去山下亭上班时乘坐的电车依然拥挤不堪，商业街和超市里也是人头攒动。尽管媒体的报道煽动恐慌了情绪，但美野里并不认为城市和生活本身有什么变化。

"学校停课了，小陆现在有空闲了吧？"

小陆沉默片刻。他好像是在自己房间里，除了他的气息没有任何声响。

"那个……"小陆忽然嘟囔道。

"嗯。"美野里俯望着夜晚的街道点了点头。

"我说不好……，以前吧，我曾想过，要是上不了学就好了。"

"啊？"

"去年我不是有段时间没去上学吗？我当时就是这样想的，于是现在就成了这个样子。"

"并不是因为小陆觉得上不了学就好了，才变成这样的！"美野里刻不容缓地说道。她很熟悉这种"思考回路"——都怪我那样想，才引起了某些不好的事情。

"那倒也是。"

"小陆为什么觉得上不了学就好了呢？"美野里虽然料想会像上次那样被岔开话题，但还是果决地问道。

"那个……"小陆在某个静悄悄的地方，嘀嘀咕咕地开始讲述。

"经常碰到这种情况，我在班会上不假思索地说'这样做吧'，结果真的顺利通过……"小陆说道，"比如说，我只是心里想着赶快结束班会，就提出例如毕业时手工制作的马赛克画可以选择运动会题材，文化节的表演节目选择鬼屋等方案，结果建议真的通过了。所以，我也感到被大家看成是'那种人'。"

升至初二后不久，小陆在和几个人交谈时，曾说过某项校规"傻里傻气"。因为所穿袜子的颜色违规了之类的，就得写检讨书，这简直是傻里傻气，就是这类事情。这倒并不是想改变现状，只是说说自己的感受，就是觉得那样太傻里傻气了。没想到这事儿越闹越大，赞成者迅猛增加，甚至发展到与校方谈判的地步，而且还被要求召开长班会议论。这还不够，放学后又要开会讨论。因此，小陆对一切都开始感到厌烦。在这个时候，热衷于学才艺的孩子们提出不愿意浪费放学后的时间。这下班内开始发生分裂，形势变得十分险恶。

"简直乱套了。我要是不说那些话就好了，或不如说，为什么大家都愿意那样？干什么呀？要是我不说出那些，大家就什么都不会想吧。如果学校停课一个月或两个月，大家就都会忘掉吧。也不用再像平时那样穿白袜子上学啦！可是，因为学校不停课，所以我就决定不上学了。因为会给学才艺的同学添麻烦，而且我不明白大家为什么会争吵。我甚至觉得好恐怖……"

美野里回味小陆说的话，这么说来，去年奔向美国边境的迁旅集群是有领军人物牵头呢，还是因为大家在无意中商量后形成了统一意见呢？小陆曾经问过这方面的问题。或许他考虑过，如果自己被当成领军人物式的存在……，随着人数迅猛增加，事态越闹越大，可当他们抵达边境一看，却是高墙挡路，有人被逮捕，有人受伤，说不定还会有人因为加入迁旅集群而丧命。如果心怀强烈的信念出发，或许无论发生任何事情都不会气馁。但如果不是这样，只是由于一时兴起而开始行动，事态闹得越来越大，确实会产生恐惧心理吧。

"可怕的并不是班里发生争吵。"小陆继续说道，"可怕的是，我明明什么都没想过，可大家却认定我一直在想这事儿。如果我说，足立同学违反校规，偷懒没值日，恐怕就连没见过足立的家伙也会吵着说，足立这也不好那也不好。当我想到如果这事儿是我起的头，就害怕得倒吸一口凉气。"

"也许小陆会说我不会明白。"美野里说道。

"嗯。"

"其实我明白。"

"嗯。"

"说点儿什么也害怕，引发某种事端也害怕，是吧？如果是真心实意想要改变什么的话，表达自己的主张，倒也能理解。但是，如果不是真心想改变什么，却因言行而引发了事端的话，还是挺叫人害怕的。就连大人也是这样。所以会想干脆什么都不说，什么都不做，是吧？"

小陆在沉默,能听到他的气息声。那气息声让美野里想起幼年的小陆,傍晚牵手回家途中的拱廊街,在保育园里边喊"姑姑"边跑过来的小男孩儿。

"这是一百'泰伦特'……"美野里想起他伸出的小手。啊!美野里差点儿喊出声来。对了,年幼的小陆曾说过给她一百"泰伦特"。小陆肯定是那天在保育园里听了《圣经》故事。如此说来,那天在教堂的告示栏里还写着这方面的内容——属于你的"泰伦特",只赋予你自己,去想想怎样运用和拓展它吧!就是这样的语句。

"后来怎么样了,校规?"美野里回过神来问道。

"还是原样,没变。"小陆扫兴地说道。

美野里不知是否该说"那挺好啊",只好说:"停课并不是因为小陆希望那样,而是都怪新冠病毒。"

"这我明白。"小陆答道,他沉默片刻,继续说道,"姑姑借给我的书,我读过了。就是关于儿童兵的那本。那个,挺可怕的。"

"嗯,是挺可怕呀!"

"那个，书中有一篇关于收音机的故事，对吧？好像是和我同龄的孩子，一直在收听广播。他觉得那里面的人很酷，很喜欢他，在不知不觉中就被洗脑了，就去报名当兵了。这篇故事最可怕，因为我完全能理解。我在不上学的时候，曾在夜里很晚时听收音机。"

"深夜广播？"美野里问道。

"收音机和电视机不同，如果持续听，就有一种像朋友的感觉，好像只对我一个人讲述似的。上瘾之后，要是不每天听就过不下去……哦，我听的是艺人的节目。那个人总说些有趣儿的事，但每天都会持续地说点儿什么初中生应该去战斗，只知道嘿嘿地笑太土气了，所以自己就会轻易地产生那种愿望。"小陆说到这里停下，沉默片刻，继续说道，"这种感觉我完全清楚，感到害怕，就返回学校了。在书中，那个当了兵的孩子最终连学也不上了，因为他听不进其他任何声音。于是我返回了学校，眼看着能升班了，却又赶上全部停课。"

"要是写这本书的人听到你说的话，会高兴得不得了。那个人现在还在墨西哥呢！她说目前不能回国，还要继续取材。"

对了，宫原玲在小学时代也听收音机，完全相信了唱片音乐节目主持人说的话。她在出版第一本书时说过，因为想送给那时的自己，才写成了面向少儿的书。

宫原玲在岁末年初时已经回国，在她向美野里发来简短邮件为缺席婚宴道歉之后，两人之间虽然还有过几次邮件来往，但不知何时就中断了。她二〇一三年出版的取材于难民营女子足球队的纪实文学作品获得了大奖。而这条可喜可贺的新闻对于美野里来说，是使她感到宫原玲已成为远不可及之人的决定性因素。在此之后，每当新书出版时，出版社都会寄来夹着写有"作者谨呈"字样书签的赠书，但并没有来自她本人的信件或寄语。

因此，去年两人进行邮件联系后，美野里在傍晚和宫原玲一起去吃寿司，是阔别已久的重逢。美野里现在还在为发出那封带有挖苦意味的短邮件感到懊悔，可宫原玲却像对她的故意疏远毫不介意一般，爽快地谈笑风生。"你可别笑我……"宫原玲先叮咛一句,接着讲了在约旦的叙利亚难民营中结识的美籍摄影师邀请她去墨西哥的过程,还有回国前和来自洪都拉斯的母女家庭同行的情况。今年美国将举行总统选举,如果政权发生更替,边境墙工程也许会被叫停。因为迁旅集群可能会随之出现新动向,所以她年初还会去墨西哥。宫原玲一如既往,尽管只是偶然受到邀约去取材,却讲得激情四射。

美野里讲了那个与外公清美相识的残障人运动员的情况。那位选手小时候在练习会上见到清美,目前已稳获直通残奥会的参赛资格,而且清美要来东京观看比赛。

然后,美野里对宫原玲说:"玲什么时候写写残障人运动?因为我只上网稍稍一查,就觉得很有意思。玲,什么时候你也写写吧!"

"从里约奥运会时就有难民代表团参加残奥会了吧。我目前在追踪取材的女子足球队虽然离参赛还很遥远,但我特别感兴趣。不过,美野里刚才讲的故事太棒啦！我真想写呢！"宫原玲笑了。

美野里想：下次见面时说说小陆的事儿吧！告诉玲，她的书、她讲的那些话的内涵完全传达给初中生小陆了。

"那个人迟早会写关于残奥会的书。"美野里说道，"小陆，你写写你曾外公的事儿吧！"

"啊？为什么？我写不了啊！"

"因为只有小陆知道他的事儿，要是小陆对谁都不说，就还是等于什么都没发生。"

"可是，曾外公讲的事零零散散，不清楚的地方太多。过去的事儿我不了解，对于战争的事儿，也不太明白。即使是看电影、读书，依然搞不清战争是怎么回事儿。"

"不过吧，就连被迫上战场的你曾外公，说不定当时也不明白战争是怎么回事儿呢！也许现在依然不明白。所以我觉得，如果不明白，写写不明白的事儿也好啊！而且，不采用非虚构的方法，而写成虚构的故事，就可以不写真实事件。哎，你就以曾外公为主角写吧！什么时候都行，等你长大后再写也行。"

小陆沉默了片刻。

"现在图书馆关闭了，等到开馆时，我就去再查查看。"他一口气说完，又粗里粗气地加一句，"那就这样吧！"

"等一下，"美野里赶紧说道，"小陆，很久以前，你送过我一百'泰伦特'，现在我把它送给小陆。"

"'泰伦特'是什么？"

"在小陆想做什么时需要的东西。"

"那是什么？我不明白。"小陆似乎非常诧异，沉默片刻，继续说道，"要是我什么时候……也许很久以后，真能把曾外公的事情写出来，会最先让姑姑读。那个，我也不明白是什么，就当是为了感谢姑姑送给我那个什么……"

小陆一口气说完，又加一句："那就这样吧。"随即挂断了电话。

美野里也返回室内。寿士好像已经看完影碟，正在厨房收拾垃圾。

"打电话的时间挺长啊！其实在屋里打也行嘛！"

"是小陆打来的电话，说好像来东京也不行了，学校也停课了，很遗憾。"

"真的很遗憾哪！"寿士漫不经心地说道。

每次路过药妆店和食杂店都会查看是否有口罩到货，在进入超市和商店前都要用门口摆放的消毒液清洁手，在收银台前排队时会拉开距离，这些都已成为普通的日常行为方式。美野里仍如往常一样，除周三和周日以外，去山下亭上班，清扫店里店外，接待顾客。咖啡馆那边已经休业，员工主要从事线上商店的运营。

寿士转为远程办公，整天都在家里。他把连接起居室的客厅隔扇门关上，就在那里工作。美野里买回酒类，两人一起享用寿士准备的晚餐，他们已开始习惯这种生活节奏。政府发布了"紧急事态宣言"，在那几天，美野里和寿士饭后也喝着酒，东拉西扯地聊天。可千篇一律的日子里，渐渐无话可说，寿士就在客厅里用电脑看电影，美野里在起居室里用电视机看连续剧或电影。

这一天，美野里仍坐在起居室的沙发上看电影，调成静音、放在餐厅桌上的手机忽然发出振动声。她暂停播放电影，拿起手机，屏幕上显示出母亲的名字。

"怎么？什么事儿？"

"美野里，你外公说要去东京。"母亲连开场白都没有，直奔主题。

"啊？为什么？来我这儿？可是现在不行吧？"

"我已经跟他说过啦！可他说要对停办奥运会提出抗议。我告诉他不是停办，是延期，可他还是坚持要去东京，说要提意见。"

"提意见？向谁？"

"向谁……，难道不是向安倍那些人？"

宣布奥运会和残奥会延期举行是在三月二十四日。随后又在三月三十日，宣布残奥会将在明年八月二十四日进行开幕。

"我外公了解新冠病毒吗？日本全国的学校都停课了，老年人容易重症化，目前限制跨县出行，他了解吗？"

"因为他总待在家里，所以不了解外边已经是沸沸扬扬。而且他连口罩也不戴，是不是老糊涂啦？你看，那个，你上次不是说过吗？他的朋友要去奥运会参赛。"

"是残奥会。"美野里纠正道。

"嗯，就是那个呀！因为那个朋友确定参赛，所以他说要去抗议，肯定是这样。你跟他说说吧，东京出现了大量感染者，没法儿跟这边比。告诉他形势严峻，千万别来。"

"明白了，我跟外公说。我打电话吧！"美野里说完，点了结束通话的按钮。

美野里紧接着就给清美打电话，先和接电话的外婆草草寒暄了几句。

"换我外公接电话吧。"美野里鼓足精神说道。

电话那端传来响动，可能是笛子拿着电话子机去了清美的房间。

"你的电话，美野里打来的……"在笛子的说话声之后,清美那听起来既像"嗯"又像"哦"的回应声传入美野里耳中。

"外公,那个,残奥会延期到明年八月了,目前还没说要取消。所以,外公不来抗议也没问题,目前不必来东京。"

清美沉默不语,只能听到他的气息声。

"既定参赛的选手会怎样,是否保持原班人选,是否重新选拔,这些还不知道,但凉花明年肯定参赛。所以,到时候咱们一起去看,好吗?"美野里说道。

清美沉默不语。

"而且东京的感染人数猛增,目前的状况还不适合外公过来。"

"什么呀?……"清美的声音传了过来。

"什么呀?……"清美以前的说话声从记忆中复现。不过,这回清美没那样说。

"那时候也是……"清美在电话那端轻声嘟囔道,"那时候也是这样,要办,不办……,没完没了地商议办还是不办。有人说考虑办,有人说办太勉强了,当时搞的净是这个。修建体育场所需的钢材和资金，也都拿去造了大炮。当时被选拔的人们也是这样，选手们都被充当了武器。我那时还是初中生，可就算是十四五岁的孩子，也觉得不正常。因为这不是他人的事情，所以我现在想去抗议：再也不要让选手去体育竞技场外打仗了，再也不要让选手把锻炼好的身体用于打仗了，再也不要让选手把生命用于打仗了！"

从手机中漏出清美仿佛挤出来般的声音。

原来是这样！清美误解了。

"外公，不是，不是那样，弄混了，现在和'那时候'不同了……"美野里想这样告诉清美。在她眼前，见过和没见过的画面混杂着接连浮现，又转瞬消失。

竖起拇指、露出天真笑容的拉西德，翔太所摄照片上身绑炸弹的男孩的笑容，报纸报道中失去腿脚的巴勒斯坦青年们，宫原玲书中出现的几个儿童兵，然后是背着崭新的双肩包出现在吉祥寺站台上的比现在年轻二十岁的外公，在夜晚的体育场上第一次穿上运动专用假肢的清美……，从未见过的身影也历历在目地浮现出来。

"我要去提意见,再也……再也不要夺走任何东西。"

清美绝对没有粗暴发声,不如说有所控制,嗓音一如既往地温和。美野里边听边想:我现在听到的是原声,是迄今从未听到过的多田清美这个人的原声。美野里突然用左手捂住自己的嘴,她感到有什么东西要从心头涌出,但既没涌出眼泪,也没发出呜咽声,而是记忆奔涌而出:从盖被下传出的啜泣声,片刻之后变成漏气般的笑声。这并不是第一次,那时自己也听到了清美的原声。

美野里眼前浮现出夜晚运动场上清美的身影:缓慢地行动起来,抓住初次见面的人的肩膀。战战兢兢地把穿好的假肢末端放到地面,笨拙地移动重心,然后迅速地把健全的右腿向前迈出,再次迈出假肢。身体摇摇晃晃,害怕假肢会折断,但还是向前迈步。虽然不得不大幅度地耸动肩膀,但已能行走,成功地迈出了脚步。接着尝试放大步幅。没有跌倒,再放大些步幅。轻轻跃起并着地,交替抬起双腿迈出大步,放开抓着别人肩膀的手。右脚,左脚,不要害怕把身体重心放在左侧假肢上，大步向前迈进、迈进、迈进。尝试稍稍加快速度，夜风吹来，撞在全身，向后流动。抬头仰望，虽然微乎其微，但仍能感到接近了有少数星星闪烁的天空。"啊——啊——，我要飞起来啦——"当时清美的身影浮现出来。"这不是要飞上天了吗？"传到幼小的凉花耳中的那句话，也一定是多田清美的原声吧，一定是很久不曾发出的真正的原声吧。

"因为太远啦……"美野里想起在蓬莱屋前听到的清美的声音。

美野里在老家住了近半年，这以后，清美就不再来东京了。美野里忽然想到了这一点。因为她当时觉得清美只是想来东京见朋友，就没有细想他忽然不再来东京的原因。当时我说什么来着？"可是，如果那样的话，外公来东京时就没地方住啦！"我说的是这个吧？当时外公的回答是："那种事儿就算了吧！算了吧！只是看看就行了。"对了，外公说"算了吧"。我当时以为那是对我说的话，现在想来，也许是对他自己说的吧。

跑得快，跳得高，可那又怎样？还是算了吧！或许清美当时怀着更加复杂的心情，或许会觉得自己已不能像过去那样奔跑，或许会觉得定期去东京训练和订制价格昂贵的假肢都难以做到。还有呢，或许他会觉得要是在更年轻时去奔跑就好了。

但是，或许清美已经放弃整理和保留那些复杂的心绪，说不定连感情本身都已放弃。迄今为止，他一直只是观望，所以想着"只是看看就行了"。美野里意识到，清美的沉默其实是绝望。他肯定连究竟失去了什么都不明白，所以即使想呐喊，都不明白该喊还给自己什么。那种静默的绝望从很久、很久以前就已成为清美的一部分了。

如果自己那段时期没回老家，而是继续住在东京的话，清美会继续定期来东京吗？为了奔跑，为了跳跃……，美野里想到这里，不禁后悔起来。但是，如果清美知道自己有这种心情，可能会说："那种事儿，没什么关系，不必介意。"清美会说出这样的话，连我的后悔都会用他的绝望吞下吧，美野里这样想道。

"外公，"美野里轻声说道，"如今不一样了，不是什么战争，所以您放心吧！为了大家不感染未知病毒，为了防止病毒扩散，为了大家不受苦，为了保护大家，所以才决定延期举办奥运会。外公尽管放心，任何人都不会再被当成武器，也不会被夺走什么。外公不来抗议也完全可以放心。"

"那倒也是。像我这样的人，不管说什么，恐怕上边都不会听。"

"外公，明年八月一起去吧！去看凉花的比赛！"

"凉花……"美野里听到清美的嘟囔声。

"凉花肯定会给您写信说，虽然奥运会延期了，但明年还要努力，所以再等等吧！"

美野里把手机紧紧贴在耳边，能听到清美的气息声。

"去不了吗？"清美长呼一口气，低声嘟囔道。

"嗯，现在不行。外公必须待在家里，等到明年疫情缓解，再来看凉花跳高吧！"

"明年啊！"手机里传出清美凄凉微弱的声音，然后是一阵窸窸窣窣，接着突然响起断线音。可能是清美把子机递给笛子，以为话已说完的笛子就按了结束健。

刚才一直伫立在餐桌旁的美野里坐在沙发上，电视机屏幕中依然是刚才暂停的电影画面。美野里俯视着一直握着的手机，打开了电子邮件界面。

　　凉花，我有个请求……

美野里先这样开头，然后一鼓作气地输入邮件内容。

香川县的所有乌冬面店都被要求在即将到来的黄金周暂停营业。在一个星期之后，清美停止了呼吸。母亲打来电话告诉美野里，那天早上笛子照常去叫清美起床，却发现他已经离世。他前一天晚上还吃了晚饭，看了电视，和平时一样自己去了卧室，所以应该是名副其实的"像睡着了一样离世"。预定在四月三十日守夜，五月一日举行告别仪式。

由于母亲希望美野里尽量不要回去,所以她放弃了回乡参加葬礼。

美野里最后一次和清美交谈,是在暂停营业的要求发布前的一周,即四月中旬。

凉花发来了视频,小陆和清美、美野里和在家远程办公的寿士,四人一起边通话边观看。以停止线下授课为契机,小陆购买了一台平板电脑,就把它摆在清美家的起居室里。美野里用自家餐桌上的电脑,通过应用程序和他们一起观看视频。

在上次美野里发送邮件之后,凉花很快就发来了视频,也相当于是发给清美的视频。现场的具体位置不知在何处,这是一座设施完备的体育场。凉花站在摄像机前,背景是跳高横杆和蓝天。

"阿清,你还好吗?我是凉花。"画面中凉花边说边挥手。她虽然没佩戴号码布,但身上穿着参赛用的两件套运动装。清美可能以为接通了视频电话,也举起一只手回应。

"残奥会延期到明年了,不过你还是要实现约定来看我比赛呀！我为提高纪录要再努力一年，阿清也绝对要再活一年呀！"凉花说到这里，自觉滑稽似的笑了，"我的意思是你要健健康康的啦！"凉花笑着再次挥手。

"这就是我用的假肢，比阿清来练习会那阵儿改良了很多。挺酷的吧？"

画面映出凉花右膝下穿着的假肢，连接残肢截面与假肢的插接处很简单，从此处延伸的板簧呈现流畅的曲线。

"那好，我试跳一下！"

以这句话为信号，画面从凉花的假肢转换为起跑点。看样子有专门的摄影师在拍摄，而且为便于观看已做过后期编辑。

凉花在起跑点将身体前后摇摆几次，反复缓慢地做俯仰动作是为了让身体与假肢板簧协调。然后，她忽地伸展腰背，踮起脚，然后猛地迈开大步冲出去，面朝横杆绕着弧线助跑，用左脚使劲踏步跳起，反弓背部，跃过横杆。假肢的一部分碰到横杆，横杆落在跳高垫上，发出"咣啷"的干巴巴的响声。

"啊——"清美发出沙哑的惊呼声。

凉花像听到清美的声音一样盯着镜头，竖起食指，咧嘴一笑，大声说："再跳一次！"

她返回起跑点，将上身俯仰几次，像被悬起似的伸展腰背，仿佛滑行般奔跑起来。她在起跳点前缩短步幅，随即"咚"地蹬踏地面，腾身跃起，身体在横杆上方做出反弓屈身动作，双腿飘然摆过横杆，留下假肢板簧拂绕横杆的残像。

"好！"清美和小陆同时欢呼。

横杆没落。

"好！"寿士拍手喝彩。

画面上出现了成绩显示屏，从数字的变换可以看到，刚才的试跳成绩是一点五五米，下次将试跳一点六米的高度。这时，凉花再次从起跑点开始助跑，翩然跃起，拧身反弓，摆腿过杆。

"好！"先前已看过这段视频的美野里也不禁和清美、小陆一起拍手喝彩。

清美半张着嘴,入神地盯着平板电脑,这时再次扬起手来翩翩挥舞。

横杆再次升高,凉花越过了一点六五米。大家都觉得接下来该挑战一点七米的高度了,可画面的视角却发生了变化——凉花的身影消失,出现了田径场和横杆,对面是空无一人的观众席,可能是凉花装上了头戴式摄像机。

眼前的景象摇摆不定,然后响起凉花的喊声:"我要试跳了!"

身体向上伸展,开始助跑,呼呼的风声渐强,脚踏跑道的嚓嚓声响在耳边。

横杆迫近,视野摇震,无人的观众席,对面民宅的屋顶,远处的高楼大厦……,视野转瞬切换,飘然翻转,映出蓝天,接着落到垫子上。

观众席,屋顶,高楼,蓝天,然后是跳高垫。

虽然都是在转瞬间一气呵成的,但踏跳、腾空、拧身反弓、摆腿越杆的视觉冲击力扑面而来,美野里发出无声的感叹。凉花助跑加速时带起的风声,腾跃时接近的天空，整个过程仿佛亲身感受，亲眼所见。在美野里身旁，寿士也发出了深深的慨叹。

"喔喔喔喔——"把脸凑近平板电脑的清美嘴里漏出惊叹声。小陆也表情认真地盯着画面，看得入神。

画面切换，又出现了凉花的特写镜头。

"明年我会跳得更高、更高呢！所以你要来看呀！说好了啊！"凉花笑着挥挥手。清美也郑重其事地扬起一只手翩翩挥舞。

那天，四个人把那段视频反复看了三遍。

每次清美都会扬起手来，当凉花试跳成功时，就发出"噢——"的喊声，并在最后发出"喔喔喔喔"的惊叹。美野里和寿士此前已反复看过，但依然聚精会神，明明已知这一跳会落杆，可还是面露遗憾，试跳成功越过时，就拍手喝彩。

"外公，明年一起去看呀！"美野里对清美说道。画面中的清美频频点头，就像是自己三次跳跃横杆一样，脸上呈现出兴奋的神情。

"凉花，那次真是太感谢你了。能让我外公看到那段视频，实在是太好了。我外公向你挥手了好几次呢！"美野里在寿士远程办公的客厅里对着电脑说道。

"向阿清敬酒！"

画面中的凉花把斟满的啤酒杯端到面前，美野里也跟着凉花端起酒杯说："敬酒！"

"另外，还要感谢你为我外公的葬礼送来供花。"

美野里的哥哥启辅给她发来清美葬礼现场排列的供花照片，其中就有持丸凉花的名字。

"你没能参加葬礼，太遗憾啦！真没想到会出这种状况啊！"

"凉花也挺不容易的吧？现在可以训练了吗？"原定五月和寿士一同去观看的残障人田径运动会也已暂停举办。

"训练也处于暂停状态，而且目前体育场馆都已关闭。公司的工作百分之八十都在家里做，运动量不够，恐怕身体状态会下降，我只能在家里做力量训练，在家附近跑跑步。"

屏幕中，凉花的背景是贴着宣传画的墙壁，还能看到装饰架的一部分，杂乱地排列着杂志和玩偶。

"哦，美野里，阿清给我来信的事儿，我向你说过吗？"

"啊？什么时候？"美野里问道。

"我想，大概吧，寄信人就是你说过要一起来看残奥会的侄儿。收到信是在进入五月之后，虽然信封上的寄信人写的是多田清美，但我的地址和寄信人的姓名都是小孩儿的字体，不过信中确实是阿清的字。"

凉花暂时从屏幕中消失，然后返回。

"我给你看一下吧！"

从那边传来窸窸窣窣的响动，大概是凉花正从信封里取出信纸。

"就是这个……"凉花说着，面对屏幕展开信纸。

在凉花展开的信纸正中央，有用颤抖的铅笔写得大大的、勉强能辨认出来的几个字：

跳跃，跳跃！更高，更高！

这些字写得很大，超出了横格线。

"我持续二十年给他写信，他这是第一次回信啊！"凉花笑了，"感觉就像神的回信。"

"哪里，说成神太夸张啦！"美野里笑了。

"不是呀。我不是说阿清是我的神……"凉花说道，在屏幕中把视线投在信纸上，"我从七岁初次见到阿清时起，就给没怎么来练习的阿清写信，对吧？最初那阵儿是让父母帮我写地址，我只写内容，然后寄出。在阿清不再来练习之后，我依然持续写信。要是那些信没被扔掉的话，美野里读读看吧！"

"清美先生，您好吗？下次什么时候来练习呢？"我最初就是这样写的。后来就趁着他没回信，渐渐开始写自己的愿望和牢骚话。

清美先生，我希望能考上高中。考上之后是不是就可以练习田径运动了？不过先得考上再说。

清美先生，我扭伤了，不能练习。虽然心里

十分着急,但着急也无济于事。

清美先生,这次我要参加田径运动会了。就算得不了第一也没关系,但绝不能落到最后。

清美先生,我百米赛跑输得好惨。是不是我不适合这个项目啊?我比别人都训练刻苦,所以希望用时能再缩短一些。

清美先生,教练建议我改练跳高项目。阿清以前是跳高选手吧?我也试试吗?

清美先生,哎,我再也不想听到横杆落地的那种响声了。可是,要想这样,只有跳过去不落杆才行啊!

凉花像是想起了很久以前写的信,凝视着半空,背诵似的讲述着。她站起身来,从镜头前消失,再次出现时，只见她往空酒杯中倒上红酒，喝了起来。

"上了大学之后，我就一边写一边开始想，这简直就是在写日记嘛！不过，因为我不知道阿清读没读我的信，所以没再多想，就继续写，现在想来，就像是在做祈祷。你看，尽管平时不信神，不信佛，可在初次参拜时和考试之前却都要去神社或寺院相当认真地做祈祷，不是吗？祈祷家人全都健康平安，祈祷能被第一志愿的学校录取，等等。与其说是日记，不如说感觉就和这类祈祷相近。而且，在成绩提高缓慢时，在与对手的成绩相同却输掉比赛时，我之所以能做到不嫉妒比自己优秀的选手，就是因为一直在这样写信。与其总觉得别人讨厌或令人嫉妒，不如首先为自己祈祷，是吧？所以呢，当我这次收到回信时……"

凉花说到这里停下，紧紧地盯住自己的手，然后又开始喝红酒。

"在神社或寺院的功德箱前做祈祷许愿时，神或佛突然大声应答了，就是这种感觉吧。"凉花说到这里，用袖口使劲擦擦双眼，抽了张手边的纸巾，擤擤鼻涕。

"或者说,他这不是真的成佛了吗?"凉花潸然泪下,又破涕为笑,"不好意思,那个,我这可不是玩儿幽默,那个……"

凉花紧紧地闭着双眼,发出既不是哽咽也不是欢笑,而是类似痉挛的声音。

"凉花,你要么就哭,要么就笑,二选一。"美野里说完也笑了起来。

"什么都不做,也行。"美野里又想起清美的声音。什么都不要做,不知何故,清美做出了这样的决断。从战场上生还的他决定今后什么都不做,就在这里观望眼前的一切。他以极为坚定的意志,持续拒绝按照自己的意愿做出决定,拒绝按照自己的决定行动,拒绝开始从事某种活动。美野里认为那意味着清美的绝望,或许确实如此吧。

但是,美野里现在终于明白,清美并非一直无所事事。他赋予了这个小女孩儿穿着假肢奔跑跳跃的精神力量,对她的恼怒焦躁和喜悦情绪予以理解。而且,他今后也会一如既往地发出无声的激励吧。不仅是对凉花，还对所有看到凉花后自己也产生跳跃意愿的人，对所有的孩子们发出激励：跳跃，更高地跳跃！

"他没能到现场亲眼看到我跳高。"凉花又倒上一杯红酒，边喝边含糊地嘟囔道。

"凉花，虽然目前练习会也暂停了，但是，那个……你什么时候再去上次告诉我的晚间练习会的话，请再叫上我。我想向那次你介绍的泷井先生请教假肢方面的情况。"美野里果决地说道。

"嗯，我明白。虽然明白，但还不知什么时候能重新开始呢！要看疫情的发展吧。"

凉花含了一口红酒，咕噜地咽下去，发出含糊的声音。

"全都得等到疫情结束之后呢！到那时我要全力以赴地训练，然后想去喝酒，还想外出旅行。对了，等到允许出行，我还想找机会去为清美扫墓，还想再品尝蓬莱屋的乌冬面。"

美野里没能参加清美的葬礼，蓬莱屋暂时不能营业，不允许随意外出走动，口罩和纸巾都缺货，打开电视机后看到的都是令人心情沉重的报道，精神郁闷的生活日复一日。但是，当听到凉花说想做这个、想做那个的声音时，就感到仿佛大家在齐声倒计时，殷切期盼的那些事即将启动。

对呀，大家肯定都在这样想。宫原玲此前说她想赶紧回到日本，小陆此前说等图书馆重新开放，他就去查阅资料。战争的情况，朋友的情况，清美失去一条腿后的情况……，清美不曾讲述的很多事情，或许小陆在某一天，在很久以后的某一天会写给大家看，会代替外公讲给大家听。

现在所有人都在想，等状况有所好转后，要去看看父母，要去海外旅行，要去和亲朋好友共享欢宴，要举办体育运动比赛，要为参赛选手呐喊助威，要张大嘴巴尽情放歌。美野里眼前浮现出凉花助跑前摆动上身的姿态，想到现在所有人都在等待出发。

我也有想做的事情。等疫情缓解之后，我肯定也会鼓足勇气朝自己想做的事迈出新的步伐！美野里这样激励自己。

"凉花，关于刚才说的事情……"美野里说道。

凉花透过屏幕注视着美野里。

"如果你想继续做祈祷的话，就再写信寄给我外公吧！我回老家时一定全部送到，摆在佛龛里。"

美野里说得郑重其事，可是当提到"佛龛"时，就想起凉花此前说的"真的成佛了"，于是忍俊不禁。

"你看！美野里也笑了嘛！"凉花说完又笑了。

美野里感到清美仿佛也在旁边笑，虽然从未直接听到过清美放声大笑，可她却觉得房间里确实回荡着清美开心的笑声。

美野里和凉花举行了简短的线上追悼会后，走出客厅。刚才在起居室用电视机看影碟的寿士按下暂停键，来到餐桌旁。美野里又拿了一罐啤酒，还给寿士拿了一个酒杯，然后坐在他对面斟酒。

"凉花说了句挺有意思的话，"美野里简略地做了说明，寿士不知是否该笑，表情困惑地听着，看到美野里说出"她说阿清成佛了"后笑了，这才跟着笑起来。

"那段视频，上次能让我外公看到真的太好了。"美野里像忽然想起似的说道，"我外公朝凉花挥手了吧？"

"嗯，挥手了呀！"

"要是到盂兰盆节时能回去一趟就好啦！因为这是我外公的第一次盂兰盆节。"

"说的是呀！"

可能是因为宅家度日的人有所增加，美野里工作的店铺比以前更忙了。最近限制了进店人数，还规定了允许排队的时间段。

寿士那边的情况也不乐观：电影节全部停办或延期，电影作品本身也有很多延期公映或暂停上映，今后会怎样发展，前景尚不明晰。小型影院接连停业、关闭，以电影导演们为代表，相关者开始募集基金。寿士自己可能也很心神不安，但他既没发牢骚，也没发脾气，白天在客厅里办公，晚上继续看影碟。

美野里再次认识到，那就是寿士的才能。

美野里还记得，自己在二十多岁时同宫原玲和翔太交谈，觉得使命感就是才能。当时她把使命理解为承担特殊的任务，借用寿士的话，就是"被选中"。像宫原玲那样去遥远的异国采访某些人并写成书，像翔太那样在危险地域拍摄给人留下深刻印象的照片，像市子那样创建实业，像凉花那样在赛场上更高地腾跃，像日本医师首次促成在东京举办残障人奥运会，像那位技师持续为凉花他们制作和改良运动专用假肢……，美野里以前认为这些都是只赋予开拓进取的人们的非凡能力，是与自己丝毫无关的特殊潜质。

那些当然都是毫不掺假的才能，是驱动他们的、只属于他们的使命感，只有他们才能完成大任。但是，不仅如此，最近美野里还有了新的认识。在"紧急事态宣言"之后开办网店的山下贤太郎和员工们，迅速切换到打包带回模式以提供菜品的饮食店的人们，安抚哭啼的婴儿的母亲，每日驱车行驶在同样路线的公交车司机，在乌冬面店里做清扫的打工青年们，表演精彩火把秀的少年，在深山的小学里上课的老师，在难民营里嬉笑打闹着生活的大家庭……，所有的人都受到某种说不上来的义务感驱动并自觉服从，这就是所有人各自被赋予的使命和才能。哪怕前景不透明，也从不悲观失望，总是泰然自若，这就是寿士的使命和才能，因此美野里现在有了新的认识。

"我以前根本不想做新的事情。"美野里又打开一罐啤酒的易拉环开口，把啤酒倒进自己的酒杯，果决地说道，"等状况好转，能不受限制地出远门和同别人见面时，我想尝试做一件事。"

"啊？什么事？"寿士抬起头来。

"怎么说呢，事到如今，我才想到要去了解假肢方面的情况。那个，我在考虑是否能把替换下来的假肢送到假肢稀缺的地方去。可是，因为我不知该从哪里做起，而且肯定已经有人在做这件事了，所以又觉得自己大可不必操那个心。"

"就像凉花用的那种吗？"

"运动专用假肢太贵，在日本都有人买不起，所以可能办不到……嗯，也包括这类情况，我想应该先了解那些闲置假肢的现状，从头学起。"

寿士平静地听美野里讲述。

"如果已经有人在做这种活动的话,我就想去打听一下。"

当美野里在报纸上看到加沙地区的青年缺少假肢的报道时,立刻想到要为那些人送去假肢,或传授制作假肢的技术。但那只不过是一闪念,还包括当时仿佛听到的睦美的说话声,若是想同以前一样置若罔闻,倒也能做到。但是,当她得知清美曾经是有志于参加奥运会的田径选手时,这一想法就变得一发不可收拾了。如果从战场上生还的清美能去英国那样的康复医院,如果能得到适合自己的假肢……她已做不到无视这些意念了。是的,正像曾对市子说过的那样,如果是与自己和家人相关的事情,我会出于使命感努力去做。

"嗯,我觉得挺好啊!"寿士探身说道,"我能理解。看到凉花的视频,想起外公的样子,怎么说呢,心里就会产生想有所作为的躁动。我理解,我觉得挺好啊!"

"可是，具体到底该怎样做，我还一点儿头绪都没有啊！"

"好啦，你别急嘛，慢慢试着做呗！"

美野里忽然想起宫原玲说过的难民代表队，虽然人数很少，但里约奥运会上曾有难民代表队出场。若能向有需要的人提供运动专用假肢，能参加难民代表队的人数今后肯定还会继续增加。

"哪怕中途会遇到挫折。"美野里像是在安抚自己，这才感到理解了清美想参加练习会的心情。这不是什么重大决定，没有特定的目标和终点，只是忽然闪念，想试试看而已。试试看吧！如果不行的话到时候再说，很多情况下，正是因为心情放松才容易立即付诸行动。而且，无论心情怎样放松，如果没有那种闪念，就不可能付诸行动，也不会发生任何变化。

"如果不尝试，就什么都无从谈起嘛！那我也开始做点儿什么吧。"

"像学韩语什么的？"

"啊，嗯，开始学韩语吧！"

"嗯，学韩语好啊！等疫情结束后，我还想去韩国旅行呢！"

"我想不靠字幕看电影呢！"

"在网上学外语的话，也许随时都能开始。"

"不，最初还是面对面好啊！嗯，就这样吧！也许会遭遇挫折。"

"那咱俩就开个遗憾会吧！"

"然后再找件能有所作为的事情。"

如果遭遇挫折，就再找一个属于我们的渺小的使命吧！

所以，睦美，到那时，你再对我说点儿什么吧！就用你那郑重其事、极为冷峻的语气说句憨言憨语，从背后向前推我一把。不仅要对我说，还要对一直迷惘困惑的官原玲说，还要对或许会再婚的市子说，还要对不在"文殊智慧三人组"的翔太说，还要对我只见过一面的你的恋人说。睦美，请让听过你声音的所有人继续听到你的声音！

美野里向在心中依然年轻的睦美讲述，侧耳倾听，却没有睦美的声音。但是，在她耳朵深处，却隐约回响着"文殊智慧三人组"在尼泊尔走夜路时发出的几近疯癫的歌声。

尾声

我站起身来向前走去，无限宽广的田径场肃然无声。

那是当然的啦！谁都想看看穿假肢的老人跃过横杆的场面嘛！不是普通的老人，而是"爷爷度"相当高的老爷爷。你认为他不可能跳过去吧？想笑就笑吧！不过我是知道的，观众席上的人都不会笑，他们不是为了笑而聚集到此的。

在盛夏的那天来找我的两名男子，过后再次一起来过。不是经常，而是在我刚忘掉时出现了。他们对我这个年近五十的大叔激情洋溢地宣讲，在奥运会之后要举办亚太地区的首届残障人运动会，还说这次举办地点在九州，距离比从这里到东京近。我依然一声不吭。

不知从何时起，只有那个年轻男子来找我了。他像突然想起似的来找我并反复说："时间绝对不迟，所以试着跑一跑，跳一跳吧！"新型假肢已研发成功的消息，也是这个男子告诉我的。假肢早就不用铁制的了，而且还在持续更新换代，不像从前那样每走一步都会疼，残肢也不会发生水肿了。

"有位技师能制作非常棒的假肢，去见见他吧！"那个男子百折不挠地来找我做动员。即使我概不回答，一声不吭，从未与他对视过，这个男子还是会在我刚刚忘掉这事时来找我。我不明白这是为什么。

我开始有了去东京看看的念头，并非因为经不住诱惑，而是想到虽然那个男子依然来找我，但我也已年过七十岁，不可能被选拔去运动会参赛了。而且，正好那年我孩子的孩子上大学了，所以对妻子也容易开口提出去东京一趟。像订制新假肢，穿着它跑跑看这种话，我根本无法对妻儿们讲。不，其实我自己也不知道想怎样做，想不想上场奔跑。所以，结果或许还是我经不住诱惑。

从那以后已经过了二十年，我对谁都没说，继续定期去东京。我已经不住在孩子的孩子那儿了，我不想被任何人知道我想跑步和跳高。不可以考虑自己想做什么，也不应该考虑。但是，我无论如何也不能放弃。

当我能稍稍跑一段距离时，就想跑得更快些，跑得更远些。当我能稍稍跳起时，就想跳得更高些。明明不可能像以前那样奔跑，不可能像以前那样跳跃，却依然这样想。为什么会这样想？我不明白。

二〇二〇年，我作为和其他选手年龄差距超大的最年长的选手参加残奥会，不需经过预选赛，而直接进入决赛。虽然对此好像发生过各种争论，但还是作为与其他选手年龄差距超大的最年长者得到了特殊待遇。我不为任何人跳跃，不为国家，也不为高官跳跃，而只为自己跳跃，不管跳几厘米高，都是新纪录。

我举起一只手示意，全场肃静。我仿佛将血液注入板簧状的假肢上一般倾压身体，深吸一口气，看准横杆，仰望天空，点头说声"开始"，随即向前跑去。先是迈开大步，然后逐渐缩短步幅，风声呼呼作响，气流向身后掠去,赛场地面支撑着我的脚。过去跳高采用俯卧式,而如今是背越式,所以能看到天空。横杆迫近……

起跳!我把体重压在右脚猛力蹬踏。父亲,母亲,甚平,乌冬面店的叔叔阿姨,已在天上的人们,我要高高跃起与你们击掌。满眼唯有湛蓝天空豁然扩展,耳边响起不像自己的声音的呐喊:"跳跃,跳跃!更高,更高!"

在撰写这部小说之际，承蒙以下多方关照协助，借此谨表由衷谢意：若松和男先生、读卖新闻社的待田晋哉先生及宫胁书店。